L'AMÉRIQUE INDIENNE
de
Edward S. Curtis

Propriété du CSF
École secondaire de **Nanaimo**

L'AMERIQUE INDIENNE
DE
EDWARD S. CURTIS

Texte de FLORENCE CURTIS GRAYBILL et VICTOR BOESEN

Introduction de Harold Curtis

Photographies sélectionnées par Jean-Antony du Lac

Traduit de l'américain par Gabriel Pospisil

ALBIN MICHEL

À Beth Curtis Magnusen
et
Jane Jordan Browne

Édition originale américaine :

EDWARD SHERIFF CURTIS : VISIONS OF A VANISHING RACE
Copyright © 1976 by Florence Curtis Graybill and Victor Boesen
Introduction © 1986 by Harold Curtis

Traduction française :

© Éditions Albin Michel S.A., 1992
22, rue Huyghens, 75014 Paris

Tous droits réservés. La loi du 11 mars 1957 interdit les copies ou reproductions destinées à une utilisation collective. Toute représentation ou reproduction intégrale ou partielle faite par quelque procédé que ce soit – photographie, photocopie, microfilm, bande magnétique, disque ou autre –, sans le consentement de l'auteur et de l'éditeur, est illicite et constitue une contrefaçon sanctionnée par les articles 425 du Code Pénal.

Les photographies des pages 78-79 sont extraites de *Westways*, copyright © 1974 par the Automobile Club of Southern California.

Maquette par Lynn Braswell

Typographie : Atelier du Livre à Reims.
Impression : Pollina à Luçon.
Achevé d'imprimer en novembre 1995.
Numéro d'édition : 15181
Numéro d'impression : 68765
Dépôt légal : décembre 1995

ISBN : 2-226-05838-9

Introduction *de Harold Curtis*

Un jour d'avril 1906, peu après le début des vacances scolaires d'été à Seattle, ma mère reçut une lettre de mon père lui demandant de le rejoindre avec les trois enfants – Florence, Beth et moi – sur la réserve navajo dans l'Arizona. San Francisco était encore sous la fumée du dernier tremblement de terre lorsque nous la traversâmes en route pour Gallup, au Nouveau-Mexique, où mon père nous attendait avec son fourgon Studebaker pour effectuer le trajet jusqu'au canyon de Chelly, au cœur du pays navajo.

Tous les étés qui suivirent, tandis qu'il travaillait à la rédaction de *The North American Indian*, j'accompagnai mon père sur le terrain en tant que membre de l'équipe, cuisinier et homme-à-tout-faire du camp. À la fin de l'année scolaire, il m'envoyait un billet de train ou l'argent pour l'acheter afin que je vienne me faire embaucher sur la réserve où il se trouvait à ce moment-là. Tout au long de ces étés, mon père fut un bon compagnon et un bon maître d'école. Il avait tendance à vous laisser prendre des décisions et les exécuter. Je suppose qu'il pensait qu'on éviterait de faire des bêtises en apprenant à la dure.

Bien que je fusse encore très jeune lorsque je commençai à passer mes vacances avec mon père, les Indiens et les réserves ne m'étaient pas étrangers. Durant des années, mon père m'avait emmené lors de ses visites à différentes tribus dans la région de Puget Sound et chez les Nez-Percés du Montana. En fait, je pense que je n'avais que sept ans lorsque je rencontrai Chef Joseph.

J'avais déjà appris à faire la cuisine à la maison, contraint et forcé. Ma mère était très ouverte et consacrait beaucoup de son temps à d'autres enfants, laissant les siens se débrouiller tout seuls. Par conséquent, étant l'aîné, je faisais la plupart des repas pour mes sœurs et je m'occupais de la maison.

En plus de la cuisine, mes responsabilités au camp comprenaient la surveillance des chevaux, notre seul lien avec la civilisation, distante de plus de 240 kilomètres. Il y avait six chevaux : quatre de trait et deux de selle. Nous les attachions le soir, juste derrière les piquets de nos tentes puis restions à moitié éveillés le reste de la nuit, les écoutant bouger et brouter l'herbe.

Mais les Indiens étaient les meilleurs voleurs de chevaux du monde. Ils enveloppaient les sabots avec des sacs en toile pour amortir le bruit et pouvaient dérober une demi-douzaine de chevaux, même si vous dormiez à quelques centimètres de là – et c'est exactement ce qui arriva une nuit au canyon de Chelly.

Le lendemain matin, nous nous retrouvâmes – toute l'équipe Curtis, les femmes et la main-d'œuvre ainsi que mon père et moi – bloqués en plein territoire indien.

Au bout de quelques jours, un Indien arriva au camp et s'accroupit sans rien dire. Finalement, il nous fit savoir qu'il pourrait trouver les chevaux manquants pour 150 dollars. Mon père gardait toujours avec lui des sacs de banque remplis de dollars d'argent pour payer les Indiens lorsqu'ils posaient pour lui à un dollar la photo. Il donna un sac plein à l'Indien et, en un rien de temps, les chevaux étaient de retour. Durant tout ce temps, ils paissaient dans un petit canyon latéral, non loin de là, dont l'entrée était si étroite qu'elle en était presque invisible.

Le travail de l'été suivant nous conduisit sur une réserve sioux du Dakota du Sud. Ma mère et moi prîmes le train jusqu'à Alliance, dans le Nebraska, où nous retrouvâmes W.E. Myers, l'homme de confiance de mon père, qui nous attendait avec le chariot pour le reste du trajet jusqu'à Pine Ridge. Durant les semaines de voyage à travers les prairies (encore sillonnées par les pistes des bisons bien que ceux-ci aient disparu depuis 1880), nous ne vîmes pas une seule clôture et seulement une ferme construite en rondins de peuplier et torchis.

À la rivière Niobrara, nous enlevâmes les roues du chariot qui furent mises à l'intérieur puis nous enveloppâmes la caisse de toile goudronnée, la transformant ainsi en bateau. Nous attachâmes une corde à l'avant et le tout fut tiré par les chevaux alors que je me trouvais juché sur l'un d'eux. Une fois en eau profonde, je me glissai hors de la selle et leur éclaboussai la tête afin de les empêcher de dériver avec le courant.

À Pine Ridge, ma carrière en herbe d'homme-à-tout-faire fut interrompue par la fièvre typhoïde. Je délirai pendant des semaines mais ma mère me soigna et parvint à me guérir. Je ne sais pas où elle avait appris à le faire mais sans elle, je ne m'en serais pas sorti.

Cependant, la maladie n'était pas notre souci principal. Les simples déplacements à travers le pays avec le fardeau supplémentaire de l'équipement photographique de mon père étaient déjà assez éprouvants. Nous logions dans des tentes de berger de 2,50 mètres sur 2,50 mètres, à un seul mât, dont les tapis de sol étaient cousus aux parois pour empêcher les serpents à sonnette d'y entrer. Les tentes avaient tendance à s'écrouler, surtout la nuit lorsque nous dormions, semble-t-il. La tente studio de 4 mètres carrés, avec des parois de 2 mètres, était généralement la première à s'envoler. (Elle était conçue spécialement avec un toit qui pouvait se relever des deux côtés pour régler l'éclairage. Une bonne partie des meilleurs clichés du *North American Indian* furent pris dans ces conditions.) À la première bourrasque, nous enlevions les piquets et laissions la tente s'effondrer par terre, recouvrant l'équipement photo à l'intérieur.

Les plaques de verre étaient stockées dans l'endroit le plus sûr, le chariot. Mon père portait une grande veste en toile – du genre veste de chasse – avec de nombreuses poches remplies d'étuis à plaques. Il y dissimulait aussi un pistolet automatique Colt calibre 30, dont il n'eut à se servir qu'une fois à ma connaissance. Il prit un auto-stoppeur dans l'Oregon qui mit soudain la main sur le volant. Mon père lui fit lâcher prise en lui tirant une balle dans le poignet puis le livra au shérif à Grant's Pass.

Notre eau potable venait de mares situées souvent à des kilomètres de notre campement et souillées par le bétail. Au canyon de Chelly, où la nappe d'eau se trouvait seulement à quinze centimètres sous terre, les Indiens creusaient des trous de quelques dizaines de centimètres de large pour y boire, puis faisaient passer le bétail dessus. Faire bouillir l'eau ne semblait pas toujours suffisant à la rendre potable.

Dans le Sud-Ouest, les mouches étaient si nombreuses qu'on avait du mal à porter la nourriture de son assiette à sa bouche sans en avaler. Parfois, l'un de nous restait debout pour les chasser pendant que les autres mangeaient. Il n'y avait aucune façon de conserver la nourriture. La réfrigération n'avait pas encore été inventée, nous n'avions pas d'endroit où enfermer les aliments et, dans la prairie, il n'y avait pas d'arbres pour les suspendre. Tous les restes étaient volés la plupart du temps par des chiens indiens faméliques et les putois. Entre le guet que l'on faisait à cause de ces maraudeurs et les Indiens voleurs de chevaux, on ne dormait jamais d'un sommeil profond au camp.

Notre incapacité à conserver les aliments nous assurait au moins de la fraîcheur de ceux que nous nous procurions, puisqu'il s'agissait d'un souci quotidien. Certains jours, nous avions plus de chance que d'autres, mais rarement autant que le matin où je me rendis à Browning dans le Montana pour chercher le courrier et les vivres.

« Où puis-je trouver de la viande ? » demandai-je à l'homme du comptoir de commerce.

Il fit un geste vers la porte.

« Coupez ce que vous voulez », dit-il.

De l'autre côté, un quartier de bœuf était suspendu. Je louchai vers les côtes à l'extrémité.

« Combien pour les steaks ? demandai-je.
– Tout est au même prix – dix cents la livre. »

Je partis avec toutes les côtes restantes et, ce soir là, nous fîmes un festin.

Lorsque nous campions au bord d'une rivière, nous avions du poisson, parfois des truites ou du saumon trois fois par jour. Mon père devint connaisseur en chinooks de la rivière Columbia, variété de saumons dont elle était sans doute la plus riche. Il se piquait de pouvoir dire, d'après leur goût, depuis combien de temps ils avaient été pêchés.

La vitalité de mon père m'étonnait. Le Chef, ainsi que tout le monde l'appelait, était le dernier couché et le premier levé. Il travaillait à la lueur de lampes à acétylène suspendues au toit de la tente et écrivait jusqu'à onze heures ou minuit tous les soirs. Il se levait à l'aube, allumait le feu sous la cafetière dans le foyer et réveillait le reste du camp. Je ne crois pas qu'il dormait plus de trois heures par nuit. Il endurait toutes les épreuves – les tentes qui s'effondraient, les mouches, les chiens, les quarts de nuit – et restait alerte pour la journée de travail qui consistait à photographier et interviewer les Indiens, coordonner les prises de vue, écouter leur histoire, leurs chants et leurs légendes.

En plus de sa maîtrise des contrées sauvages, c'était un marin accompli car il avait affronté de nombreuses tempêtes dans l'Arctique. La violence de celles-ci pouvait faire des ravages sur un petit bateau et, bien des fois, il ne survécut que par miracle. Pour quelqu'un dont la seule expérience de la navigation avait consisté à emmener son père, prédicateur, dans ses tournées pastorales sur les lacs du Minnesota, et ce à la rame, il avait un sens remarquable de la mer lorsqu'elle était houleuse.

Et puis, il y avait toujours les problèmes d'argent. Jusqu'à l'accord avec J.P. Morgan en 1906, le financement du travail sur les Indiens provenait exclusivement du studio familial à Seattle, plus de ce que mon père gagnait grâce à ses conférences. Parfois nous manquions tellement d'argent que nous mourions presque de faim.

Ceci aurait été une vie difficile pour n'importe quelle famille, et la mienne ne faisait pas exception. Les choses n'allaient pas bien à la maison entre mes parents. Mon père était rarement là – en été, il était sur le terrain, prenant des photos et recueillant des informations pour le *North American Indian* ; en hiver, il était à New York pour essayer de le faire publier ou bien en tournée de conférences pour gagner de l'argent. Le résultat, c'est que ma mère se sentait abandonnée.

Lorsqu'ils envisagèrent de divorcer, mon père décida de m'envoyer en pension. Avec l'appui de Theodore Roosevelt, il m'inscrivit à la Hill School de Pottstown en Pennsylvanie. Résidant dans l'Est pendant ma scolarité puis lors de mes études à l'université de Yale, je voyais souvent mon père durant les mois d'hiver, apprenant à le connaître dans un cadre tout à fait différent de celui de l'été sur le terrain. Là, je vis un aspect de lui fort éloigné des forêts perdues du Minnesota où il avait grandi. Autant que je sache, il n'avait suivi que l'école primaire : cependant, lorsqu'il montait en chaire pour faire une conférence, le Chef paraissait né pour cela. Il grandit en travaillant manuellement et, avant de venir dans l'Ouest, il avait dirigé une équipe de muletiers travaillant sur la voie du Grand Chemin de Fer du Nord. En fait, il me dit un jour qu'il s'était lancé dans la photographie (fabriquant son premier appareil photo d'après les indications publiées dans le *Seattle Post-Intelligencer*) parce que c'était plus facile que de couper du bois pour gagner sa vie. Mais en dépit de ses origines, il évoluait avec aisance dans les plus hautes sphères de la société. C'était un dandy et, malgré sa forte charpente – 1,88 mètres, 90 kilos – il était élégant. Il allait régulièrement en week-end chez les Roosevelt à Oyster Bay et comptait, parmi ses amis, la famille Morris, les Hamilton et leurs semblables. Mais il pouvait tout aussi facilement retourner dans une réserve et s'asseoir en cercle avec les Indiens comme s'il était des leurs. Il pouvait tout faire, il était à l'aise partout. C'est le meilleur homme que j'aie jamais connu.

Les bouleversements qui se sont produits dans presque tous les domaines de la vie des Indiens, surtout au cours de ces dernières années, ont été tels que si l'on avait tardé à rassembler la documentation, à la fois descriptive et photographique, présentée ici, elle aurait été perdue pour toujours. La mort de chaque vieil homme ou femme entraîne la disparition de quelque tradition, de la connaissance de rites sacrés connus d'eux seuls ; par conséquent, l'information sur le mode de vie de l'une des grandes races de l'humanité doit être recueillie immédiatement, pour le bénéfice des générations futures, sinon l'occasion en sera perdue à jamais. C'est cet impératif qui a inspiré le présent ouvrage.

    Edward Sheriff Curtis
extrait de l'introduction au volume I.
L'Indien d'Amérique du Nord, 1907.

EDWARD SHERIFF CURTIS, *autoportrait*, 1899.

Avant-propos

Au cours de l'été 1923, alors que j'avais vingt-quatre ans, Père m'appela par l'interurbain : « Ton mari pourrait-il se passer de toi pour quelques mois ? Je vais travailler avec les Indiens du nord de la Californie et j'aurais besoin de ton aide. » Mon mari était compréhensif et tout s'arrangea. Je quittai Seattle par le train et retrouvai Père à Williams, en Californie. Dans la fraîcheur matinale, nous sommes partis vers l'ouest à bord d'une petite voiture, en direction de la chaîne de montagnes du littoral que nous traverserions sept fois au cours de cette saison, sur des pistes assez larges pour être considérées comme des routes.

En raison du dévouement que mon père mettait à vouloir présenter une histoire illustrée des Indiens d'Amérique du Nord, la famille devait se satisfaire de ses brèves visites à la maison. Celles-ci étaient toujours des moments privilégiés. Il y avait aussi les périodes où il prenait un ou deux d'entre nous avec lui pour la saison d'été. Cette fois-ci c'était moi l'élue – il serait mon merveilleux compagnon et partagerait avec moi ses vastes connaissances de la nature où il passait de si nombreux mois chaque année.

C'est cet été-là que je me rendis compte des rapports remarquables de mon père avec les Indiens. Nous établîmes notre campement sous des peupliers près d'un village où il y avait des Indiens de nombreuses tribus, parlant six langues distinctes. Jeunes et âgés, ils venaient dans ce secteur pour ramasser des haricots, travaillant par une chaleur de plus de 38° pour un faible salaire.

Selon son habitude, Père se faisait assister par un interprète indien ayant de l'autorité, un chef ou un « homme-médecine ». L'assistant de mon père, M. Myers, était déjà venu dans le secteur collecter des données. Père travaillerait sur les notes ethnographiques du volume consacré à ces Indiens et prendrait des photographies.

Les échanges avec les Indiens étaient empruntés de beaucoup de réserve. Personne ne nous accueillait chaleureusement ; cependant, j'avais le sentiment d'une attitude amicale de leur part. Notre campement était ouvert à tous. Je me souviens d'une jeune fille qui se précipita un jour chez nous pour dire que sa grand-mère était très malade et nous demander de venir. La vieille femme était allongée sur le sol en terre battue d'une petite hutte. Elle avait cueilli des haricots toute la journée sous un soleil de plomb. Mon père exprima sa profonde sympathie puis nous partîmes. Lorsque nous fûmes hors de portée de voix, je demandai : « Ne devrions-nous pas aller chercher de l'aide ? » « Non, ma chérie, répondit-il. Je pense que c'est à eux de le décider. »

Le lendemain, la jeune fille revint nous voir, souriante. « Grand-mère va beaucoup mieux. Le médecin blanc est venu et n'a pas pu nous aider mais notre "homme-médecine" savait ce qu'il fallait faire. » Lentement, je commençai à comprendre. Acceptant les Indiens et leurs croyances, mon père n'essayait en rien de les influencer ou de changer leur mode de vie.

Je me souviens d'un autre incident qui eut lieu lorsque nous fûmes invités à dîner en ville chez un savant et sa femme. En partant, alors que nous nous dirigions vers la voiture, je demandai à mon père : « Ce rite religieux sur lequel le docteur vous a questionné et qu'il a essayé de découvrir depuis de si nombreuses années, n'est-ce pas celui dont on vous a parlé justement aujourd'hui ? » Il fut surpris par ma question. « Comment le sais-tu ? » « Juste une intuition, répondis-je. En quelques jours seulement, vous avez appris quelque chose qu'il a cherché à découvrir très longtemps et cependant, vous ne le lui avez pas dit. » « Je suppose que j'ai eu de la chance. » « De la chance et de la modestie aussi », rétorquai-je, ce qui le fit rire.

Je me souviens de Père disant : « L'Indien devine instantanément quand il est méprisé. » Sensible de cœur et d'esprit, il reconnaissait leurs vraies qualités. En échange, ils lui révélaient certaines de leurs pensées les plus intimes qu'ils cachaient habituellement aux hommes blancs.

Cet été-là, je l'observai prendre des photos avec un nouveau regard sur ce qui était en jeu. Il insistait toujours pour que les Indiens qu'il photographiait soient habillés comme des Indiens et, s'il y avait un arrière-plan, il devait représenter une partie vitale de leurs coutumes ou de leur pays. Tandis qu'il faisait des gros plans de ces fiers visages indiens, leur armure d'hostilité semblait lentement se dissoudre sous mes yeux. Ils regardaient un homme qui les comprenait et s'intéressait à eux. Ils sentaient la chaleur de son amitié et, en échange, le considéraient comme leur ami.

Je suis heureuse que mon père soit enfin en passe d'acquérir la célébrité qu'il était certain d'atteindre un jour. Depuis longtemps, j'ai voulu y contribuer et j'espère y avoir réussi grâce à ce livre.

FLORENCE CURTIS GRAYBILL
Laguna Hills, Californie

Le photographe et son équipement

Comme tous les grands artistes, le photographe Edward S. Curtis réussissait à rendre ses procédés invisibles. Sa maîtrise de l'art était si complète, sa perception d'une telle sensibilité, sa technique si sûre, et ses sujets si confiants, que le spectateur – ainsi que de nombreuses personnes l'ont remarqué – se sent capable de pénétrer dans la vie même des sujets dont il a fait le portrait. Raison de plus, en ces temps où tout le monde est photographe, pour s'interroger un instant sur les outils de base utilisés par cet homme remarquable pendant trente ans, alors qu'il se rendait de tribu en tribu. « Quel appareil utilisait-il ? » Telle est la question. Plusieurs, bien entendu. Bien qu'il utilisât de nombreux appareils au cours des années, allant d'une gigantesque chambre pour des négatifs sur verre format 35x42,5 centimètres(!) qu'il emmena durant son premier voyage en Alaska à la fin du siècle dernier, à une chambre reflex utilisant des films format 15,24x20,32 centimètres dont il se servit durant son dernier voyage au même endroit, en 1927, la chambre à plaques sèches format 16,51x21,59 centimètres semblait lui convenir le mieux. Régulièrement, « le Chef » – ainsi que le surnommaient affectueusement ses collègues – utilisait son vieux Reversible-Back Premo favori et il semblerait qu'un important pourcentage des 40 000 clichés pris par Curtis, l'ait été avec ce bel instrument en acajou, bronze et cuir. Apparu sur le marché en 1897, le Premo se vantait d'un objectif Victor Rapid Rectilinear, d'un obturateur central, et intégrait de nombreux dispositifs facilitant les prises de vue du photographe de terrain ; platine avant à décentrement et bascule, crémaillère de mise au point et un dos rotatif qui permettait de prendre des photos horizontales et/ou verticales, la chambre restant solidaire du pied. Un autre avantage venait du poids relativement faible de l'appareil, permettant de le manipuler selon les circonstances – la vitesse de l'obturateur ($1/25^e$ de seconde) ne posant généralement pas de problèmes insurmontables. Et, pour Curtis, c'était cela l'essentiel des outils de base du photographe ; absence de cellule, de filtres ou autres gadgets – simplement une chambre, un pied, un voile noir et une surface sensible.

Le développement des plaques insolées dans un révélateur à l'acide pyrogallique avait lieu généralement dans une tente de nuit et les tirages de contrôle étaient faits le lendemain sur papier sensible ou, parfois, sur papier héliographique au ferroprussiate exposé au soleil à l'aide d'un châssis-presse. Les noms et les autres données d'identification étaient ensuite griffonnés sur la face et le revers des tirages de contrôle, et Curtis y inscrivait parfois des instructions spéciales pour ses collaborateurs du studio de Seattle. (Sur une photographie d'un jeune homme passant au galop sur son cheval, on apercevait un objet flou battant au bout d'une corde contre le flanc de l'animal. Curtis entoura l'objet d'un cercle et écrivit : « Faites que cela ressemble à un poulet. » Bien entendu, c'en était un, en route pour la casserole – mais Curtis voulait que l'on voie que c'était un poulet et donnait ses instructions en conséquence au studio. Les retouches étaient un outil qu'il utilisait selon ses besoins.)

JEAN-ANTHONY DU LAC

Les légendes de toutes les photographies de Curtis dans le texte et les descriptions de celles du portefolio à la fin du livre sont de Curtis ou ont été tirées du texte des volumes de *The North American Indian*.

L E STUDIO CURTIS de Seattle était l'endroit où les jeunes filles de la bonne société allaient se faire tirer le portrait, selon la tradition de la fin des années 1890. Un portrait par Curtis leur donnait du « prestige ». Mais si elles étaient attirées également par le jeune et aristocratique propriétaire de 1,88 mètre, athlétique et portant une barbe à la Van Dyck bien taillée, elles étaient généralement déçues.

La plupart du temps, celui-ci était absent et prenait des portraits d'Indiens. La fascination de Curtis pour les Indiens en tant que sujets commença lorsqu'il rencontra la déjà très âgée princesse Angeline, fille du chef Sealth (dont le nom se mua en Seattle lorsqu'il fut donné à la ville), alors qu'elle pêchait des palourdes près de la cabane où elle vivait à Puget Sound. « Je payais la princesse un dollar par portrait », se souvint Curtis longtemps après. « Ceci semblait lui faire grand plaisir et elle disait qu'elle préférait passer son temps à poser pour des portraits que de ramasser des palourdes. »

Les sujets indiens l'attirèrent encore plus après sa visite, un matin, à la réserve tulalip où il engagea le policier indien et sa femme pour la journée et fit de nombreuses photographies. Il y retourna le lendemain matin et en fit d'autres. Il gagna leur confiance, expliqua-t-il, en leur disant : « Nous, pas vous seuls. En d'autres termes, je travaillais avec eux, pas sur eux. »

Après avoir pris des photographies d'Indiens pendant trois saisons, il en présenta trois – *Le Pêcheur de palourdes*, sa toute première ; *De retour* et *Le Pêcheur de moules* – à l'Exposition nationale photographique et gagna le grand prix. Expédiées autour du monde, les photographies primées obtinrent partout des récompenses, dont une médaille en or massif.

Curtis obtint ces résultats avec une encombrante chambre à plaques de verre format 35x42,5 centimètres. Il avait acheté l'appareil à un chercheur d'or, en route pour les mines d'or de Californie, qui avait besoin d'argent. Non pas qu'il n'existât pas d'appareils plus sophistiqués. La photographie moderne avait été annoncée un bon nombre d'années auparavant, en 1880, lorsque George Eastman commercialisa la plaque sèche, réduisant le temps d'exposition à une fraction de seconde.

L'invention, par Edison, de la lumière électrique, avait aussi donné une impulsion à la photographie en supprimant la nécessité de la lumière du jour. À présent, le studio pouvait déménager au rez-de-chaussée, n'obligeant plus à prendre l'ascenseur ou à monter les escaliers.

La popularité de la photographie devint si grande dans les années 1880 que certains artistes, parmi lesquels John Singer Sargent et James McNeill Whistler, déposèrent pinceaux et palette pour expérimenter l'appareil photographique comme moyen d'expression – ainsi que l'avait fait longtemps auparavant David Octavius Hill, le portraitiste écossais bien connu, avec un appareil bien plus primitif, l'utilisant pendant trois ans avant de retourner à son chevalet.

Puis vint le Kodak d'Eastman, le premier appareil pratique, qui tenait dans la main. Muni d'une mise au point fixe, il prenait des images circulaires d'un diamètre de 6,35 centimètres et recevait des pellicules de cent vues. La photographie devint une mode égalée seulement par celle de la bicyclette. « Il y avait un adepte dans chaque famille », observait le *Scientific American* en 1896. Pour ceux qui ne pouvaient pas se permettre d'acheter un appareil, on publiait des manuels montrant comment le fabriquer soi-même tout comme au commencement de la radio, au début des années 1920, beaucoup de gens fabriquèrent leur poste de T.S.F.

Princesse Angeline. Cette femme âgée, fille du chef Sealth (Seattle) fut, pendant de longues années, une figure familière des rues de Seattle.

Curtis fabriqua son premier appareil à l'aide d'un manuel emprunté. Il encastra une boîte en bois à l'intérieur d'une autre, fixant sur la face avant un objectif de projection stéréoscopique que son père avait rapporté de la guerre de Sécession. Il n'y avait pas beaucoup d'argent dans la famille Curtis. Johnson Curtis était un petit fermier et un prédicateur à temps partiel qui emmenait le jeune Edward, le deuxième de ses quatre enfants, avec lui pour l'aider à pagayer lorsqu'il partait, tous les automnes, voir ses paroissiens, dispersés à travers les centaines d'hectares de forêts du Minnesota, célébrant les offices, les mariages et les baptêmes tout au long du chemin. Un sac de farine plein de délicieuses cuisses de rat musqué fumées représentait une partie non négligeable des récompenses que le père et le fils ramenaient chaque fois de ces tournées pastorales.

Curtis parlait du temps où la famille n'avait eu que des pommes de terre bouillies à manger pendant des semaines – toujours bouillies car il n'y avait pas de graisse pour faire des frites. Au cours de cette pénurie, le chef de l'Église locale était arrivé à cheval à l'improviste, un après-midi, juste avant l'heure du dîner. Mme Curtis avait appelé le jeune Edward et lui avait dit : « Nous ne pouvons pas lui offrir seulement des pommes de terre bouillies. Cette vieille tortue hargneuse se trouve-t-elle toujours près du ruisseau ? »

Lorsqu'il eut terminé de manger la tortue, l'hôte dit avec satisfaction : « C'est un des meilleurs plats que j'aie jamais mangés. Quelle était cette viande ? »

Mis au courant, il se sentit mal.

Prenant des photos dans ses moments de loisir avec l'appareil qu'il avait fabriqué, Edward travailla environ un an dans une galerie photographique de Saint Paul, acquérant de l'expérience en impression et en glaçage. Puis il essaya d'ouvrir son propre magasin mais ce fut un échec car les résidents de cette communauté reculée avaient des préoccupations bien plus pressantes que de se faire tirer le portrait. Edward rangea son appareil et, bien qu'âgé de moins de dix-huit ans, trouva du travail comme chef d'équipe de deux cent cinquante Canadiens français, sur la voie ferrée de la Soo Line.

L'année suivante, en 1887, la famille s'établit dans le futur État de Washington en raison de la santé de l'aîné des Curtis, élisant domicile à l'extrémité de Puget Sound, près de l'actuel Port Orchard. Parmi les attraits de la nouvelle région pour Edward, il y avait les filles de la famille Phillips, habitant à proximité. En 1892, il épousa Clara Phillips, intelligente, cultivée, de bonne conversation et qui partageait l'amour d'Edward pour les paysages de sa vaste contrée du Nord-Ouest – mais pas son intérêt pour la photographie.

L'année de son mariage, Curtis acheta un studio photographique au 614 de la Deuxième Avenue à Seattle, pour 150 dollars. Henry Guptil avança l'argent et Curtis lui racheta sa part deux ans après. « Curtis et Guptil » – ainsi s'appelait le studio au début, – était spécialisé dans « les portraits de famille » et dans les tirages sépia des photos d'Indiens de Curtis. Peu à peu, sa renommée grandit et l'élite de l'endroit allait s'y faire photographier, en particulier les jeunes femmes de la haute société.

Comme le propriétaire souvent absent vagabondait de plus en plus loin de Seattle avec son appareil, il prenait non seulement des photos d'Indiens mais aussi de la montagne. Le mont Rainier, culminant à 4 460 mètres, s'avéra une riche source de prises de vue avec ses paysages où les cimes, les forêts et les fleurs se reflétaient dans les lacs. Curtis devint un alpiniste expérimenté. Avec son appareil photo et un lourd chargement de plaques de verre, il conduisait parfois d'autres personnes jusqu'au sommet ; une fois, il servit de guide à cent huit membres du Kiwanis Club.

Il consacra une bonne partie de deux étés à prendre des photos sur le mont Rainier. « Durant la deuxième saison, un groupe de "savantissimes" vint étudier la montagne », écrivit Curtis en 1951 à Harriet Leitch, de la Seattle Public Library, qui lui avait demandé des informations sur sa vie. « Ils se perdirent plusieurs fois. Je réussis à les ramener à mon campement où je les aidai à se réchauffer et les abritai. Ensuite, je leur servis de guide pour les amener au sommet. »

Les « savantissimes » étaient tous des hommes éminents. Il y avait parmi eux le Dr C. Hart Merriam, médecin et naturaliste, chef du United States Biological Survey ainsi que Gifford Pinchot, chef de la division forestière (plus tard le service des forêts du ministère de l'Agriculture), qui devint par la suite gouverneur de Pennsylvanie, un pionnier de l'écologie et auteur d'ouvrages sur les arbres. Le troisième de ce groupe était George Bird Grinnell, éditeur de *Forest and Stream* et connu pour ses livres sur les Indiens des Plaines ainsi que comme écologiste et naturaliste.

À la suite de la rencontre fortuite de Curtis avec les VIP sur la montagne en 1898, le magnat du chemin de fer E.H. Harriman lui proposa de participer l'été suivant à une expédition en Alaska, en tant que photographe officiel. Harriman, au départ, n'avait eu que l'intention de faire une excursion familiale mais il fut persuadé de transformer le voyage en véritable expédition scientifique par les hommes que Curtis avait rencontrés sur le mont Rainier. Ce groupe de savants se présentait comme un véritable *Who's Who* de la science. S'étaient joints à eux les naturalistes John Muir et John Burroughs qui passaient la majeure partie de leur temps en vives discussions.

Muir écrivit par la suite qu'un des moments les plus dramatiques de toute l'expédition se déroula alors que Curtis et son assistant prenaient des photos dans un canoë de toile sous la paroi d'un glacier. Tandis que les autres les regardaient du haut d'une colline, un énorme bloc de glace se détacha et tomba dans l'eau. L'esquif, déjà surchargé par le poids des deux hommes et leur équipement, disparut. Il remonta à la crête d'une vague pour disparaître à nouveau alors qu'un deuxième bloc de glace s'engouffrait avec fracas dans la baie. Les spectateurs se détournèrent, convaincus qu'ils venaient d'assister à une tragédie.

À eux deux, Curtis et son assistant D.G. Inverarity prirent plus de 5 000 photographies durant ce voyage au cours duquel ils parcoururent 14 500 kilomètres et qui amena les voyageurs jusqu'aux confins de la Sibérie. « L'été, en Alaska, les jours sont très longs et M. Harriman insista pour que je profite de toute la lumière », écrivit Curtis à Mlle Leitch.

L'ÉTÉ suivant l'expédition Harriman, Curtis fut invité par George Bird Grinnell à visiter les Blackfeet du Montana. Depuis vingt ans, Grinnell avait passé chaque été parmi eux et commençait à être connu en tant que « Père du Peuple blackfoot ».

Ce fut une expérience charnière pour Curtis alors que, à cheval au sommet d'une colline en compagnie de Grinnell, ils contemplaient une vaste plaine où les Indiens se rassemblaient pour leur Danse du Soleil annuelle, sur la réserve des Piegans. Jamais auparavant il n'avait vu autant d'Indiens à la fois.

« Le spectacle de ce grand campement d'Indiens des plaines est inoubliable », raconta-t-il des années plus tard, lorsqu'il céda brièvement aux instances de sa famille qui le poussait à écrire sa biographie. « Aucune maison, aucune clôture ne déparait le paysage. La vaste prairie ondulante, qui s'étendait jusqu'aux Petites Rocheuses à des kilomètres vers l'ouest, était tapissée de tipis. Les Bloods et les Blackfoot du Canada arrivaient aussi pour rendre visite à leurs amis algonquins. »

Il poursuivit encore sa description – des hommes et des femmes à cheval, certains en chariot ; le matériel de campement, les effets personnels, les bébés et les chiots sur des travois, mode de transport consistant en deux perches maintenues ensemble par un châssis et tirés par un cheval.

« Cela fit une profonde impression sur lui », se souvint Florence Curtis Graybill. « Il en parla souvent ensuite. Pour la plupart des gens, cela n'aurait été qu'une bande d'Indiens. Pour lui, c'était quelque chose qu'on ne reverrait bientôt plus. »

Le Pêcheur de palourdes. Les palourdes représentent un aliment important pour ceux qui vivent à proximité des bancs ; pour les autres, c'est un luxe relatif, obtenu par le troc. L'outil du pêcheur est une sorte de plantoir en bois.

Edward S. Curtis dans un canoë kootenai, sans doute vers 1901.

Les Indiens à l'est du Mississippi étaient déjà considérés comme disparus, sans qu'aucune documentation valable sur leur mode de vie n'ait été recueillie. Dans l'Ouest, tandis que la marée de l'empire se propageait inexorablement vers le Pacifique, les colons adoptaient généralement le point de vue du général Philip Sheridan : « Le seul bon Indien est un Indien mort. »

L'homme rouge n'avait plus le cœur au combat depuis Wounded Knee, le My Lai* de l'époque, où quelque trois cents Sioux – hommes, femmes et enfants – sans armes furent massacrés par la cavalerie américaine. Dans tout l'Ouest, ils avaient été dupés. Corrompus, assassinés et massacrés. Et les missionnaires étaient là depuis assez longtemps, s'efforçant de transformer ces païens en chrétiens.

Le jour approchait, se rendait compte Curtis, où l'Indien d'antan n'existerait plus : c'était un peuple à son crépuscule.

Dix jours après avoir contemplé la prairie du Montana avec Grinnell, Curtis était au travail avec son appareil photo chez les Hopis dans le sud de l'Arizona. D'autres, avant lui, avaient fait des portraits des Indiens. Parmi eux, George Catlin, juriste et peintre, de Wilkes-Barre en Pennsylvanie, qui alla dans l'Ouest en 1832 pour peindre les hommes rouges. Catlin fut si captivé par ce qu'il faisait qu'il renonça à son métier de juriste et resta vingt-cinq ans dans l'Ouest. En 1850, Henry Schoolcraft, de Mackinac Island, Michigan, publia six volumes sur les Indiens, illustrés de gravures sur acier du capitaine Seth Eastman.

Il semblerait que ce soit William Henry Jackson, de Denver, qui le premier ait fait des portraits d'Indiens avec un appareil photo.

Voyageant en buggy équipé d'une chambre noire, Jackson prenait des photos d'Indiens, de convois de chariots, de courriers du Pony Express et autres sujets semblables de l'Ouest. Will Soule, qui photographia les Indiens autour de Fort Sill, Oklahoma, et Adam Clark Vroman, qui préférait les photos d'Indiens du Sud-Ouest, faisaient eux aussi partie des hommes célèbres qui avaient précédé Curtis dans ce domaine. Les Indiens les appelaient les « Preneurs d'ombre ».

Cependant, Curtis se distinguait parce qu'il procédait systématiquement, selon un plan d'ensemble. Il avait l'intention de faire « une histoire photographique de l'Indien d'Amérique », ainsi qu'il le décrivit par la suite, le fixant sur film avant qu'il ne cédât trop à la culture de l'homme blanc. Pour chaque image, il avait à l'esprit un titre descriptif, révélant quelque chose sur la tribu représentée.

Durant l'été 1904, Curtis fut encouragé dans son projet par le président Theodore Roosevelt qui l'avait invité à Sagamore Hill, sa résidence d'été à Oyster Bay, New York, pour photographier sa famille. Roosevelt avait vu les portraits de Curtis qui avaient remporté le concours du plus-bel-enfant-d'Amérique, publié dans le *Ladies' Home Journal*.

Roosevelt avait passé beaucoup de temps en pays indien dans son ranch d'Elkhorn, au Dakota du Nord, et était un défenseur des Indiens. Il admira le portfolio que Curtis avait apporté avec lui et écouta attentivement tandis que celui-ci lui expliquait ce qu'il avait en tête. « Je ferai tout ce que je peux pour vous aider », répondit le président avec enthousiasme lorsque Curtis eut terminé.

À ce stade cependant, Curtis n'avait aucune idée de l'importance de l'œuvre qu'il

* My Lai : massacre de civils par l'armée américaine pendant la guerre du Viêt-nam.

avait entreprise. Il n'aurait jamais pu prévoir que le travail commencé dans la chaleur du désert du Sud-Ouest se terminerait dans une tempête déchaînée au-dessus du cercle arctique trente ans plus tard ; qu'il étudierait plus de 80 tribus, du Mexique à l'Alaska, prendrait plus de 40 000 photographies, ferait plus de 10 000 enregistrements sur des cylindres de cire et écrirait des centaines de milliers de mots, le tout formant un chef-d'œuvre ethnologique sans égal. Il n'aurait pas pu deviner que cela dévorerait sa vie. Il n'y aurait pas de vacances, presque jamais de week-ends de détente, mais seize heures de travail par jour, sept jours sur sept, année après année, tandis qu'il passait de l'état d'homme jeune à celui de vieillard.

« Si l'on suivait la coutume indienne de donner des noms, on m'appellerait l'"Homme Qui Ne Prit Jamais le Temps de Jouer" », écrivit Curtis à l'âge de quatre-vingt-trois ans.

Curtis savait cependant une chose dès ces premiers jours : le genre de travail qu'il allait faire. « Je pris une résolution : les portraits devraient être faits selon les meilleures méthodes modernes et d'une taille suffisante pour que le visage puisse être étudié comme la chair même de l'Indien. Et surtout, aucune de ces images ne comporterait quoi que ce fût qui présagerait la civilisation, que ce soit un détail vestimentaire, le paysage ou un objet sur le sol. Ces portraits devraient être des transcriptions pour les générations futures, afin qu'elles puissent voir l'Indien de façon aussi réaliste que possible, tel qu'il vivait avant de voir un Visage pâle, ou de savoir qu'il existait d'autres humains ou une nature différente de celle qu'il connaissait. »

Cela ne se passa pas sans peine au début, principalement parce que Curtis ne connaissait pas plus les Indiens que tout un chacun. Ils tirèrent sur lui. Ils se massaient devant son objectif. Un Indien ivre à cheval faillit le piétiner. L'un d'eux lança une poignée de boue sur l'appareil photo – sur quoi Curtis dégaina son couteau et se précipita sur le coupable.

En montrant qu'il n'était pas un lâche, en agissant avec naturel, en ayant une attitude amicale envers les enfants et, par-dessus tout, en apprenant à connaître le point de vue des Indiens sur eux-mêmes et sur l'homme blanc – qu'ils considéraient comme leur inférieur –, Curtis gagna leur respect.

Une chose le favorisa à son insu. « Un Indien est comme un petit enfant ou un animal », dit-il un jour. « Il sait instinctivement si vous l'aimez – ou si vous êtes condescendant avec lui. Ils savaient que je les aimais et que j'essayais de faire quelque chose pour eux. »

En 1911, après quatorze ans de travail, Curtis confia à un journaliste du *New York Times* : « Beaucoup d'entre eux non seulement consentent mais sont désireux de m'aider. Ils ont saisi l'idée que ceci doit devenir un ouvrage commémoratif indestructible de leur race et cela les séduit. La nouvelle passe de tribu à tribu [...]. Celle que j'ai visitée et étudiée fait savoir à une autre que, lorsque cette génération aura disparue, les hommes sauront, grâce à cet ouvrage, comment ils étaient et ce qu'ils faisaient et l'autre tribu ne veut pas être exclue.

» Des tribus que je n'atteindrai pas avant quatre ou cinq ans m'ont demandé de venir les voir. Lorsqu'elles n'en ont pas eu l'idée elles-mêmes, je la leur suggère. Je leur dis : "Telle et telle tribu sera dans ce recueil et pas vous. Vos enfants essaieront de vous y trouver et ne pourront pas, alors ils penseront que vous ne valiez rien tandis que l'autre tribu sera considérée comme importante." »

Black Eagle – Assiniboine. Né en 1834 sur le Missouri, au sud de Williston, Dakota du Nord. Il n'avait que treize ans lorsqu'il partit en guerre pour la première fois et, à cette occasion ainsi que durant les deux expéditions suivantes, il n'obtint pas de distinction. Au cours de sa quatrième expédition, il eut plus de succès, capturant à lui seul six chevaux yanktonais. Black Eagle mena trois fois des expéditions guerrières. Il se maria à dix-huit ans.

Cette approche fit finalement changer d'avis le chef des Assiniboines, Black Eagle un ancien de la tribu au visage balafré, âgé de quatre-vingt-dix ans, qui toute sa vie avait refusé de dire un mot sur sa nation aux Visages pâles. Après s'être montré agressif et prudent toute la journée envers Curtis, refusant même de le laisser faire son portrait, le vieux chef apparut dans la tente de Curtis à trois heures du matin, fit sursauter l'homme endormi en posant une main sur son épaule et lui dit : « Je veux qu'on parle de Black Eagle dans le livre.

– Ce sera fait si vous me racontez quelque chose », répondit Curtis.

Le boycott de Black Eagle était terminé.

Une fois, les éléments intervinrent en faveur de Curtis. Avec son interprète, il avait chevauché pendant des heures par un temps froid et humide pour entendre un vieil homme-médecine qui lui avait promis de tout lui révéler sur une cérémonie secrète. Curtis se rendit bientôt compte que ce dernier ne lui disait pas tout, ne lui livrant que des parties de l'histoire.

Curtis arrêta la séance : « Vos dieux seront courroucés contre vous parce que vous m'avez menti », gronda-t-il. Un éclair suivi d'un coup de tonnerre vinrent à propos. « Vous voyez, dit Curtis. Ils sont en colère. Ils savent que vous m'avez menti. »

L'homme-médecine saisit la peau sacrée d'un bison blanc et monta sur le toit de

Les trois chefs – Piegan. Trois vieux chefs à l'allure pleine de fierté. Une vue des prairies originelles sur les plateaux, avec leurs herbes ondulantes et leurs ruisseaux limpides. Un aperçu d'une vie et d'un univers sur le point de disparaître.

la cabane. Agitant la peau vers le ciel où l'orage approchait, il fit une supplique passionnée aux dieux, leur demandant de lui pardonner, tandis que ses paroles étaient souvent couvertes par le fracas du tonnerre. Puis il fit à Curtis le récit complet que celui-ci était venu chercher.

La clef de la confiance des Indiens, découvrit-il, était la religion. Il comprenait la raison pour laquelle ils se montraient réservés sur ce sujet. « Même l'homme cultivé et civilisé répugne à dévoiler le sanctuaire de son âme aux curieux », dit-il à un journaliste du *Washington Star* en 1908. « Si les gens cultivés s'opposent à de telles confidences, que peut-on espérer d'un homme primitif à qui l'on a dit d'emblée que ses dieux sont fictifs et que ses superstitions... sont fausses et enfantines ? »

Curtis étudia la religion comparée, accumulant sur le sujet une vaste bibliothèque qu'il conserva toute sa vie. Connaissant à fond la question, il pouvait en parler avec aisance. Si la conversation était lente à se mettre en train, il disait à dessein quelque chose d'erroné, provoquant une réaction. L'Indien expliquait pourquoi c'était faux – et la conversation s'engageait.

Les Indiens comprirent qu'ils avaient en Curtis un ami qui croyait comme eux que « tout est l'œuvre du Grand Esprit », ainsi que le formula dans sa prière Black Elk des Sioux Oglalas. « Nous devrions savoir qu'Il est en toute chose : les arbres, l'herbe, les rivières, les montagnes ainsi que tous les quadrupèdes et les oiseaux... »

Theodore Roosevelt pouvait donc écrire dans son introduction à l'ouvrage : « M. Curtis [...] a été capable de faire ce qu'aucun autre homme n'a réussi [...]. [Il a] pu entrevoir [...] les arcanes secrètes de l'étrange univers spirituel et mental [des Indiens] [...] dont tout homme blanc est à jamais exclu. »

Curtis survécut à de nombreux accidents et le bruit se répandit qu'il devait avoir un talisman d'une puissance exceptionnelle. Un des premiers se produisit dans la chaleur torride d'une journée d'été, dans le désert du sud de la Californie, près de Palm Springs, alors qu'il prenait des photos d'Indiens cahuillas.

« J'étais si absorbé par ma tâche que j'ai dû rester trop longtemps au soleil », écrivit-il dans l'autobiographie qu'il commença à contrecœur et qu'il n'acheva jamais. « Je repris connaissance à l'aube, dans une oasis cultivée ; l'endroit était entouré d'une clôture avec un vautour perché sur presque chaque piquet. La puanteur était terrible. Franchement, je n'étais pas du tout certain d'être vraiment vivant. »

Le propriétaire de l'endroit se présenta, expliquant que le guide indien de Curtis l'avait trouvé la veille dans le désert, évanoui à cause d'une insolation. Il avait maintenant un service réciproque à lui demander : pourrait-il l'aider à fabriquer un cercueil pour sa femme, morte d'une maladie au cours de la nuit et dont le corps en rapide décomposition expliquait l'odeur et la présence des vautours ?

« Nous confectionnâmes une boîte grossière aussi rapidement que possible, en repoussant sans cesse les vautours, écrivit Curtis. Nous déposâmes sa femme dans le cercueil que nous mîmes ensuite dans la charrette et nous entreprîmes le difficile trajet jusqu'à Banning, à quelque trente kilomètres, où se trouvait le plus proche établissement funéraire. Malheureusement, la boîte ne nous isolait pas de l'odeur qui nous accompagnait. Il n'y avait pas de routes pavées et la poussière ainsi que la chaleur faisaient paraître la distance interminable. »

Tandis que son projet prenait corps, le zèle de Curtis augmentait. « Plus je travaille à cette collection de portraits, plus je suis certain de leur grande valeur », écrivit-il à Frederick Webb Hodge, du bureau d'ethnologie américaine de la Smithsonian Institution à Washington, D.C., le 28 octobre 1904. Il venait de terminer un long séjour parmi les Navajos et les Apaches du Sud-Ouest.

Il découvrait aussi autre chose, ainsi qu'il l'indiquait dans sa lettre à Hodge : « La seule question qui m'obsède maintenant, c'est de savoir si je pourrai continuer assez longtemps [...] ; le faire d'une manière approfondie est très coûteux et j'ai du mal à consacrer autant de temps que je le souhaiterais à cette tâche. »

Au mois de décembre, ses amis de Seattle louèrent Christensen's Hall pour qu'il puisse montrer au public quelques-unes de ses photographies. Le succès fut immense.

Commentant *Les trois chefs*, photo de trois cavaliers de la tribu piegan du Montana scrutant l'horizon, le *Seattle Times* dit : « Cette scène est si remarquable dans ses lignes de composition que nous nous demandons avec émerveillement comment les exigences artistiques ont pu être satisfaites avec l'appareil photographique. »

Le peuple qui disparaît, représentant une colonne d'Indiens à cheval s'engageant en fin de journée dans l'ouverture sombre d'un canyon, possédait un « mysticisme envoûtant rarement rendu en photographie », selon le *Times*, commentaire souvent repris à propos de cette photo au cours des années qui suivirent.

Paradoxalement, Curtis avait craint que cette dernière ne fût trop sombre lorsqu'il avait apporté la plaque à son studio de Seattle. « Je me charge de la faire ressortir », lui avait assuré A.F. Muhr, le génie de la chambre noire.

Curtis fut l'invité d'honneur au dîner du très fermé Rainier Club de Seattle et eut un immense succès en y présentant 150 diapositives de ses photographies, tout en expliquant comment il les avait prises. Lorsque les comptes rendus de la presse sur le dîner de Seattle atteignirent Portland, les Mazamas l'invitèrent à présenter ses photographies au White Temple. Il fut à nouveau chaleureusement accueilli. « C'est sans nul doute une œuvre éducative unique d'une grande valeur, dont devraient profiter tous les élèves des écoles, les professeurs, les étudiants en histoire de l'Amérique et le public en général », rapporta l'*Oregonian*. La célébrité de Curtis prenait son essor.

Au début de 1905, à la suggestion d'Erastus Brainard, politicien de l'État de Washington, Curtis apporta une sélection de ses photographies à Washington, D.C. où E.H. Harriman l'aida à monter une exposition au célèbre Washington Club. Celle-ci fut suivie d'une autre, à l'ancien domicile de Dolly Madison, devenu le Club Cosmos, tout aussi élégant.

Gifford Pinchot, l'un des hommes secourus par Curtis sur le mont Rainier, l'invita à dîner chez lui et remarqua : « Nulle part ailleurs je n'ai vu une telle collection de photographies. » Curtis fut également invité à faire une conférence à l'Académie nationale des sciences, honneur non négligeable pour un homme dont l'éducation scolaire s'était arrêtée au collège.

Alors qu'il se trouvait à Washington, Curtis rencontra un autre de ses vieux amis. Le commissaire aux Affaires indiennes Francis Leupp lui demanda de photographier un groupe d'Indiens qui se trouvait là pour l'investiture de Theodore Roosevelt. Lorsque Curtis s'approcha d'eux, sous une fine pluie, pour dresser son appareil photo sur la pelouse de la Maison-Blanche, un Indien enroulé dans une couverture rouge s'avança, écarta la couverture et le serra dans ses bras. C'était l'Apache Geronimo, l'ancienne terreur des Plaines, un des cinq chefs invités à prendre part au défilé inaugural.

À New York, de nombreux membres des « quatre cents » vinrent voir son exposition dans la grande salle de bal du Waldorf-Astoria : Mme Jay Gould, Mme Frederick W. Vanderbilt, Mme Douglas Robinson, sœur du Président – mais ils laissèrent à Curtis le soin de régler la facture de 1 300 dollars pour la location de la salle. Heureusement, ils lui achetèrent aussi ses photographies, lui évitant ainsi des embarras financiers.

Après son exposition au Waldorf, Curtis expédia ses photos à la foire de Lewis et Clark, à Portland, où elles obtinrent encore un succès. « La vie actuelle de tous les peuples du monde est représentée, nota l'*Oregonian*, mais l'exposition qui aura le plus d'importance pour les Américains et leur histoire d'ici a mille ans est celle d'un petit nombre de photographies d'Indiens qui occupe un coin discret dans le grenier de la maison forestière. »

De retour dans l'Ouest, à l'approche de l'été 1905, Curtis visita les Sioux dans le Dakota du Sud. Avec le chef Red Hawk et vingt de ses guerriers pour l'escorter, il explora les Badlands, à quelque soixante-quinze kilomètres au nord de Wounded

Le peuple qui disparaît – Navajo. Cette photo est censée communiquer l'idée que les Indiens, en tant que race, déjà privés de leur puissance tribale et dépouillés de leurs coutumes, disparaissent dans les ténèbres d'un destin inconnu. Ayant le sentiment que cette image exprimait parfaitement l'idée maîtresse qui inspire toute son œuvre, Curtis la choisit comme la première des photographies illustrant le portfolio de *The North American Indian*.

Une oasis dans les Badlands. Cette image fut prise au cœur des Badlands du Dakota du Sud. Le personnage est le sous-chef Red Hawk, né en 1854. Il fit sa première expédition guerrière en 1864 contre l'armée, sous les ordres de Crazy Horse. Il dirigea une expédition manquée contre les Shoshones à l'âge de vingt-deux ans. Il participa à vingt batailles, dont un bon nombre contre l'armée. (Il combattit Custer en 1876.)

EN HAUT : *Chef Joseph – Nez-Percé*. Le nom de Chef Joseph est le plus connu parmi les Indiens du Nord-Ouest. L'opinion populaire lui a attribué le mérite d'avoir conduit un mouvement stratégique remarquable, de l'Idaho au nord du Montana, durant la fuite des Nez-Percés en 1877.

EN HAUT À DROITE : *Geronimo – Apache*. Ce portrait du célèbre Apache fut pris en mars 1905. Selon les calculs de Geronimo, il avait soixante-seize ans à l'époque, faisant ainsi remonter sa naissance à 1829. Le portrait fut pris à Carlisle, Pennsylvanie, la veille de l'investiture du président Roosevelt : Geronimo faisait partie des guerriers qui participèrent au défilé inaugural à Washington. Il fut sensible à l'honneur que représentait le fait d'avoir été choisi à cette occasion. Ce portrait, qui fixe les traits du vieux guerrier dans une attitude introspective, est une réussite.

Knee. C'est là qu'il prit une de ses photos les plus célèbres, *Une oasis dans les Badlands*, où l'on voit Red Hawk faire boire son cheval dans la prairie.

À la fin de son séjour parmi eux, Curtis promit de revenir donner un festin à ses hôtes indiens de l'été. En échange, il fut convenu que, sous la conduite de Red Hawk, ils reproduiraient un campement sioux d'autrefois et accompliraient certains de leurs anciens rites et coutumes, sans trace visible de vêtements et autres signes de l'homme blanc.

Au cours de ce même été, le 20 juin 1905, à Nespelem, Washington, Curtis aida à enterrer une deuxième fois son ami Chef Joseph, grand leader des Nez-Percés, avec qui Curtis avait passé beaucoup de temps lors de la préparation du texte pour le volume 8. Joseph était mort au mois de septembre de l'année précédente d'une maladie cardiaque et avait été mis dans une tombe provisoire tandis que la State Historical Society préparait une sépulture adéquate, peut-être pour compenser dans une certaine mesure le mal que lui avaient fait les hommes blancs de son vivant.

Fait de marbre, le monument représentait Joseph et portait son nom indien, Hin-mah – too-yah-lat-kekt, qui signifie « Tonnerre Grondant dans les Montagnes », ainsi que son nom anglais.

Avant les cérémonies, conduites par Edmond S. Meany, professeur d'histoire à l'université de Washington – que Joseph appelait « Trois Couteaux » –, certains préliminaires étaient indispensables. Curtis, qui apparemment avait assisté au premier enterrement, les décrivit quarante-cinq ans plus tard à Mlle Leitch.

« Il y a longtemps de cela, écrivit-il, j'ai participé deux fois à l'inhumation du chef. Afin de pouvoir l'enterrer à nouveau, il fallait le sortir de sa tombe. C'est moi qui fis le plus gros du travail. C'était une journée très chaude et les nobles hommes rouges dirent : "Laissez les Blancs creuser la tombe. Ils s'y connaissent." »

D<small>E RETOUR</small> à New York tandis que l'hiver s'installait sur les plaines, Curtis entendit à nouveau de grandes louanges sur son œuvre mais à présent il se rendait compte qu'à moins de trouver une aide financière, il serait contraint d'abandonner son projet. Il écrivit au président Roosevelt, lui demandant une lettre de recommandation qu'il pourrait utiliser pour essayer de réunir des fonds.

Celui-ci répondit par une lettre de louanges « À toutes fins utiles » que Curtis était libre de présenter à « quiconque s'intéresserait à ce projet ».

Sans doute grâce à la lettre de Roosevelt, Curtis obtint un rendez-vous avec J. Pierpont Morgan et, le jour venu, se trouva assis, quelque peu nerveux, en présence du Crésus de Wall Street. Morgan l'écouta, impénétrable dit-on, puis l'interrompit. « Je reçois beaucoup de demandes d'aide financière, dit-il. Je ne pourrai rien pour vous. »

Curtis ouvrit son carton à dessin et se mit à glisser des photos sur le bureau. Morgan examina chacune d'elles soigneusement. « Monsieur Curtis », dit-il finalement, « je veux voir ces photographies en album – la plus belle collection jamais publiée. »

S'il devait y avoir un texte accompagnant les photographies, décrivant les coutumes des Indiens, leurs cérémonies, leurs croyances, leurs mythes, leur religion et leurs occupations quotidiennes – Curtis finit par établir vingt-cinq points d'information à explorer –, le tout présenté sous forme de livres, la question se posait de savoir qui écrirait le texte.

« C'est à vous de le faire », déclara Morgan immédiatement. « Vous connaissez les Indiens, leur mode de vie et leurs pensées. »

Le projet prévoyait 20 volumes de texte et d'images, à publier en tirage limité à 500 exemplaires, chaque livre devant être accompagné d'un important dossier de photos de Curtis, le tout vendu par souscription. Deux sortes de papiers furent choisis, tous deux fabriqués à la main et les plus chers que l'on puisse trouver : du vélin japonais importé et une variété spéciale de papier à gravure hollandais appelé Van Gelder. Les images devaient être gravées à la main sur plaques de cuivre par John Andrew and Son, de Boston. La University Press de Cambridge fut choisie comme imprimeur.

Le prix fut fixé à 3 000 dollars pour la collection imprimée sur vélin et à 3 850 dollars pour le Van Gelder. Ces prix, estima Morgan, feraient plus que couvrir les frais de la publication. Il fut d'accord pour avancer 75 000 dollars pour les dépenses de Curtis sur le terrain dont le paiement s'échelonnerait sur cinq ans à raison de 15 000 dollars par an. En contrepartie, Morgan recevrait 25 collections à 3 000 dollars avec leurs dossiers de 500 photogravures.

De surcroît, l'accord prévoyait que Curtis devrait consacrer du temps à la promotion et à la vente de l'ouvrage, en plus de ses recherches sur le terrain.

C'est à ce moment-là aussi que fut prise la décision d'enregistrer la musique et le langage des Indiens sur des cylindres d'Edison. Cette tâche à elle seule prit des proportions terrifiantes. « Dans les États du littoral de Californie et d'Oregon, nous enregistrâmes plus de langues de base qu'il n'en existe sur le reste du globe, écrit Curtis. En différentes occasions, [nous] avons recueilli et enregistré le vocabulaire grâce au dernier homme vivant connaissant les mots d'une langue de base. On peut affirmer, sans risque de se tromper, qu'aucune consignation comparable du vocabulaire d'une race en voie d'extinction n'a jamais été faite. »

Les accords avec Morgan réglés, Curtis s'attarda dans l'Est pour photographier

Theodore Roosevelt, photographié par Curtis en 1904.

Mme Nicholas Longworth (Alice Roosevelt), février 1906.

l'événement mondain de la saison, le mariage d'Alice Roosevelt avec Nicolas Longworth, le 17 février 1906. Puis il prépara son retour chez les Indiens.

« Pourriez-vous m'écrire à Seattle dans les semaines à venir au sujet de détails que je pourrais relever dans la région apache de White Mountain ? » écrivit Curtis le 26 mars à Frederick Webb Hodge qui avait été choisi pour annoter son œuvre, à 7 dollars les mille mots*.

» Si vous connaissez une carte assez détaillée de cette région disponible à Washington, j'aimerais que vous m'en adressiez un exemplaire. Quelque chose sur quoi je puisse vérifier la localisation primitive des différentes tribus... »

Le 10 avril, Curtis demanda un ultime service à Hodge avant de partir pour l'Ouest : « J'ai pensé que je pourrais rencontrer quelque vieille ruine intéressante plusieurs fois durant l'été, dont j'aimerais entreprendre la fouille, écrivit-il. Je pense au pays des Apaches [...]. S'il est possible d'arranger cela, pourriez-vous me le faire savoir ? »

Lorsqu'il arriva à Seattle, il découvrit qu'il lui fallait encore une chose. « Je dois vous importuner une fois de plus », écrivit-il à Hodge en s'excusant, le 25 avril 1906, « mais si vous avez un exemplaire de votre article, "Les Navajos et les Apaches", pourriez-vous m'en expédier un ?

» Je suis un peu ému à cause du désastre de Californie et légèrement retardé parce qu'une partie de mon équipement s'y trouvait et doit être remplacé. »

Le « désastre de Californie », c'était bien sûr le grand tremblement de terre de San Francisco qui avait eu lieu le 18 avril, une semaine avant que Curtis n'écrive la lettre. C'était caractéristique de sa part de ne faire qu'une allusion fugitive à cet événement qui le concernait, laissant Hodge dans l'ignorance quant aux détails. C'était « un homme des plus affables et charmants », dit un jour A. F. Muir, « mais il était peu loquace sur ses aventures et déboires sauf contraint par les circonstances – comme le jour où il revint du terrain avec son appareil maintenu par une sangle et que, celle-ci enlevée, l'appareil tomba en morceaux. » Ceci paraissait nécessiter une explication. Sa mule était tombée d'une falaise, entraînant l'appareil photo avec elle.

* On ignore comment Hodge fut choisi.

L'éclaireur – Apache. L'Apache traditionnel dans ses montagnes natales.

AU DÉBUT du mois de juin, Curtis écrivit de Holbrook, en Arizona : « Nous sommes ici en territoire apache, travaillant le mieux possible. Je suis certain que nous allons recueillir une quantité de splendides matériaux apaches. Peut-être en suis-je trop persuadé – cependant, je sais que ce sera un travail très productif...

» Au fait, votre dictionnaire ou encyclopédie des Indiens est-il dans un état assez avancé pour que vous puissiez m'en envoyer une partie ? » demanda-t-il en faisant référence au *Handbook of the American Indian*, ouvrage de deux mille pages, en deux volumes que Hodge éditait.

« ... Pour le moment, c'est la seule chose que je puisse vous demander de faire pour moi qui me vienne à l'esprit mais une chose est certaine, c'est que lorsque je quitterai la réserve apache, il y aura un bon nombre de questions sur la vie intérieure de ces Indiens qui auront trouvé une réponse... »

Certaines des questions résolues étaient en rapport avec la vie spirituelle des Apaches. Ceux-ci préservaient cet aspect de leur vie si farouchement et étaient considérés comme de tels sauvages que beaucoup de gens pensaient qu'ils n'avaient pas de religion du tout.

Ainsi que l'écrivait Curtis, « l'imagination a attribué aux Apaches des caractéristiques si inhumaines qu'il est difficile au lecteur de se le représenter comme profondément religieux. Je me rendis compte qu'il me faudrait faire preuve de beaucoup d'habileté et de patience pour obtenir leur légende de la création ».

Curtis les approchait sur ce sujet avec une feinte indifférence. « Je ne posai aucune question et ne montrai pas d'intérêt sauf pour des choses fortuites. »

Cependant, en observant les Indiens dans leur vie quotidienne, il voyait qu'ils étaient profondément dévots. « Les hommes se levaient et se baignaient dans des

L'orage – Apache. Une scène dans les hautes montagnes du territoire apache, juste avant le début d'un orage.

fontaines ou des ruisseaux afin que leurs corps soient acceptables aux dieux. Chaque homme, en s'isolant, saluait le lever du soleil par de ferventes prières. Des autels étaient visités secrètement et des invocations récitées. Je me rendis compte cependant que si je posais une seule question ou manifestais la moindre curiosité quant à leurs rites religieux, je n'obtiendrais rien d'eux. »

Son indifférence feinte était si convaincante que les Apaches l'invitèrent à les accompagner au cours d'une expédition dans les montagnes pour la récolte du mescal, une variété de cactus qui constituait un de leurs principaux mets.

« Cette première nuit, avec une courtoisie toute indienne, ils me permirent de choisir en premier l'emplacement de mon campement que j'élus au bord de la rivière, à l'ombre d'un noyer, raconta Curtis. Ce soir-là, assis autour du feu de camp, nous racontâmes des histoires. J'y inclus des récits sur le mode de vie d'autres Indiens. Tandis qu'ils parlaient de la récolte du mescal, je m'efforçai d'apprendre l'histoire apache de ses origines mais, sur ce point, ils restèrent discrets. »

Plusieurs jours après la récolte du mescal, lorsque celui-ci fut prêt pour la cuisson, Curtis écouta attentivement le rituel accompagnant l'allumage du feu dans la fosse. « Dans leurs prières, j'entendis les noms divins qu'ils invoquaient sans cesse, jusqu'à ce que moi aussi je connaisse les noms de leurs dieux de l'Est, de l'Ouest, du Nord, du Sud, du Ciel et de la Terre, mais je ne possédais pas la clef de cette vaste réserve de pensée primitive. Du moins avais-je d'excellentes images de toute la récolte et de la cérémonie. »

De retour au village après la récolte du mescal, Curtis continua de faire comme si rien de particulier ne le retenait là, tout en gardant ses yeux et ses oreilles ouverts. Les Apaches, de leur côté, ne faisaient guère attention à lui, poursuivant leurs occupations de manière habituelle. « Les hommes-médecine faisaient discrètement leurs dévotions, les maris allaient rendre visite aux veuves et les femmes venaient me voir pour vanter les charmes de leurs filles, incapables de comprendre pourquoi je vivais seul », écrivit Curtis.

À Washington, la saison suivante, alors qu'il se préparait à retourner chez les Apaches pour reprendre son travail, il dit à un de ses amis ethnologue son impatience à découvrir les secrets de leur religion.

Son ami haussa les sourcils. « Ne vous rendez-vous pas compte que vous cherchez quelque chose qui n'existe pas ? s'exclama-t-il. L'Apache n'a pas de religion.

– Comment le savez-vous ? demanda Curtis.

– J'ai passé un temps considérable parmi eux et ils m'ont dit qu'ils n'en avaient pas. »

De retour parmi les Apaches au printemps 1907, Curtis reçut un accueil chaleureux mais, lorsqu'il leur dit ce qu'il voulait, pensant qu'à présent il les connaissait assez bien pour aborder le sujet, l'atmosphère changea. « De vieux amis se détournaient de moi, écrivit-il. Un de mes anciens interprètes refusa tout contact avec moi, déclarant qu'il ne voulait pas aller au-devant d'une mort subite. »

De subtiles tentatives de corruption ne le menèrent nulle part. « Au bout de six semaines de patient travail, nous n'avions réussi qu'à dresser un mur de réticence tribale, écrivit-il. Chaque membre de la tribu savait qu'il était interdit de nous parler et une délégation de chefs avait été trouver l'agent des Affaires indiennes, pour exiger que je quitte la réserve. »

Curtis persévéra. « Avec la plus grande discrétion, je pris contact avec plusieurs des hommes-médecine dans l'espoir d'obtenir ne serait-ce qu'un indice. Quelques mots d'information serviraient de levier pour en apprendre plus. Je parvins à parler avec les plus éminents mais, en ce qui concerne la religion, ils restaient aussi muets que le Sphinx. »

Puis il apprit leurs divisions, situation qu'il pourrait peut-être tourner à son avantage. L'un d'eux s'appelait Das-lan, « un homme très ambitieux qui promulguait un nouveau culte dont il prétendait avoir eu la révélation par les dieux. Ce chaman rusé espérait supplanter Gosh-o-ne, l'actuel chef religieux. »

Bien que Gosh-o-ne eût plusieurs fois rebuté Curtis, il ne paraissait pas mal disposé envers lui. L'interprète lui confia que le vieil homme était très en colère contre l'arriviste Das-lan et pourrait finalement parler. L'été tirait à sa fin : c'était maintenant ou jamais. Curtis se mit en route pour la dernière fois et atteignit le campement du patriarche à l'aube.

« Dissimulés, nous regardâmes le vieil homme-médecine sortir pour sa prière matinale au soleil, écrivit Curtis. Lorsqu'il eut achevé son invocation, nous nous approchâmes pour lui renouveler notre demande. Sans protestation ni commentaire il dit : "Je crois que je vais vous faire ce récit." Puis il nous entraîna dans un endroit reclus parmi les buissons au bord du ruisseau. Tout d'abord, il fit une courte prière au soleil. Puis, sans préambule, il commença l'histoire des dieux et de la création de la terre et des hommes. » Midi était passé avant que Gosh-o-ne n'eût terminé son histoire, portant à la connaissance de ses visiteurs quelque chose que des Blancs n'avaient jamais encore entendu.

« C'est ainsi que nous avons appris le mythe de la création apache. En imagination poétique, je le crois souverain parmi les légendes de la genèse recueillies auprès des Indiens d'Amérique. »

Peau de daim sacrée – Apache. Cette peau sacrée appartenait à Hashke Nilnte. Elle était considérée comme la plus puissante parmi celles de tous les hommes-médecine. Durant la vie de Hashke Nilnte, aucun Blanc ne put ne serait-ce que regarder cet « objet-médecine » merveilleux. Après avoir atteint un âge très avancé, il fut tué, vraisemblablement par sa femme, auprès de qui ce précieux document sacré fut acquis.

Curtis eut une chance supplémentaire ; il appela cela un « miracle ». Il se procura auprès d'un chaman un vieux parchemin où des prières étaient peintes avec la description complète de leur symbolisme. « Un tel parchemin, sans la description, ne serait que de l'art primitif intéressant, mais la connaissance des fonctions de chaque caractère représenté par image ou symbole en faisait un document inestimable, expliqua-t-il. Pour nous, son plus grand intérêt venait du fait qu'il confirmait en tous points les informations recueillies auprès de Gosh-o-ne. »

Appelés parchemins de prière par les Apaches, ils étaient peints sur des peaux de daim par les hommes-médecine, chacun exécutant le sien sans doute d'après l'inspiration divine. « Celui que j'obtins était considéré comme le plus important et le plus puissant qui fut et aucun homme blanc n'avait jamais eu la permission de le voir », écrivit Curtis.

Et aucun homme blanc – ou d'une autre couleur d'ailleurs – ne saurait jamais comment il s'était procuré le parchemin. « La façon dont il fut acquis et son prix n'ont rien de mythique et c'est pourquoi je les ai omis », écrivit-il énigmatiquement, semblant à présent se conformer à la discrétion apache dont il avait été entouré.

Au début de l'été, ayant obtenu les réponses à un bon nombre de questions sur les Apaches, Curtis se rendit chez les Navajos. « Je crois pouvoir dire que le travail chez les Apaches a été une réussite – bien plus que je ne l'espérais », écrivit-il à Hodge le 9 juillet.

« Si cela vous intéresse, je pourrai vous écrire quelque chose sur les Apaches pour l'*Anthropologist* [édité par Hodge] et développer un point précis ou faire un article de fond sur les légendes, la mythologie et la religion de ce peuple.

» Je dirais une chose – qu'il n'y a absolument aucune trace de migration. En ce qui concerne toutes les légendes de ce peuple, ils ont toujours vécu là où ils sont. Personnellement, je pense qu'ils sont comparativement plus jeunes que le peuple navajo. Il y a eu sans doute un temps où les deux n'en formaient qu'un – bien que je n'aie rien trouvé à ce sujet dans les légendes qui y fasse allusion, mais à en juger d'après les rites réciproques, ceux des Apaches paraissent bien plus récents...

» J'ai tracé les grandes lignes de ce que j'appellerais l'introduction générale à toute la série des volumes », poursuivit-il en indiquant le stade où il en était. « Je prendrai le temps de la relire dans les jours qui viennent pour ajouter un point ou deux puis vous la soumettrai pour que vous me disiez ce que vous en pensez... »

Le séjour de Curtis parmi les Navajos fut considérablement plus mouvementé qu'il ne l'admit. Sa femme et ses enfants – Harold, onze ans ; Beth, neuf ans et Florence, sept ans – l'avaient rejoint dès la fin de l'année scolaire à Seattle. Curtis alla à leur rencontre en chariot couvert à la gare de Gallup au Nouveau-Mexique.

La famille s'arrêta pour acheter des provisions au comptoir de commerce de Day, à Saint Michaels, Arizona, et dressa son campement à proximité le premier soir. Alors qu'ils se préparaient à partir le lendemain, une inondation éclair se produisit et soudain, tandis que les autres allaient se réfugier sur une hauteur, Curtis se

Le chariot de Curtis en pays navajo en 1906. De gauche à droite, Charlie Day, fils des propriétaires du comptoir de commerce, Edward S. Curtis, Florence Curtis, Beth Curtis et l'interprète navajo.

Florence Curtis au canyon de Chelly en 1906.

retrouva dans l'eau jusqu'à la taille, luttant pour sauver son équipement. Heureusement, il en transportait la plus grande partie – appareil photo, plaques et autre matériel fragile – dans des emballages étanches.

C'est au canyon de Chelly et ses murs vertigineux de grès, entre lesquels vivaient ce qui restait des Navajos après que Kit Carson eut terminé ses tueries et ses incendies, que la tragédie guettait. Cela avait été une période enchanteresse pour les enfants, se souvenait Florence. Ils montaient à dos d'âne, regardaient les Indiens tisser des couvertures, exploraient les habitations troglodytes des premiers résidents, prenant soin de ne pas profaner « les demeures des Anciens ».

Tout à coup, un jour, le canyon devint étrangement désert et calme, le seul bruit perceptible étant des incantations répercutées par l'écho. Un enfant naissait et la mère avait des difficultés. Les hommes-médecine blâmaient les Blancs qui campaient dans un bosquet de peupliers.

Lorsque les incantations cessèrent enfin, Curtis et Charlie Day, le fils des propriétaires du comptoir de vente, élevé parmi les Indiens et qui servait d'interprète à Curtis, arrivèrent brusquement au camp. En toute hâte, ils démontèrent la tente et la jetèrent dans le chariot. Ils attelèrent les chevaux, aidèrent les enfant à y monter et prirent la fuite, fouettant l'équipage tandis que le chariot roulait dans le sable profond.

Le bébé était né et il était prudent de partir car à présent se posait le problème de sa survie. « S'il meurt, avait prévenu Charlie Day, aucune puissance sur terre ne pourra vous sauver, vous et votre famille. »

Curtis n'emmena plus jamais sa famille au complet avec lui en territoire indien.

A L'AUTOMNE 1906, il avait bien progressé. « J'ai presque tout mon matériel pour le premier volume sur les Navajos et les Apaches et l'équipe des photograveurs travaille sur le premier lot de plaques », écrivit-il avec satisfaction à Hodge depuis Seattle, le 27 septembre.

Quinze jours plus tard, il annonça : « Aujourd'hui, j'ai reçu l'introduction du Président et dès que j'aurai pris contact avec mon équipe de travail du Sud-Ouest, je vous enverrai une partie du matériel à examiner : l'introduction du Président, la page de titre, mon introduction à l'ouvrage et peut-être le début du volume 1. Mon intention est d'utiliser ce matériel pour un prospectus et bien sûr de m'en servir pour obtenir des souscriptions. Cette partie-là du problème progresse également aussi bien que je pouvais l'espérer. En fait, j'ai le sentiment que tout se présente très bien et avance rapidement.

» Il y a une question que j'aimerais vous poser. J'ai pensé à un titre pour le livre

Tisseuse de couvertures – Navajo. Partout en territoire navajo, on peut voir des métiers à tisser. Durant les mois d'hiver, ils sont dressés dans les *hogans* mais en été on les installe dehors sous un abri improvisé ou, comme sur cette photo, sous un arbre. La simplicité du métier et du tissage apparaît clairement sur cette image, prise au petit matin sous un grand peuplier.

et j'aimerais que ce soit *The North American Indian*. La seule question qui se pose pour moi c'est de savoir s'il a déjà été utilisé. Pourriez-vous me dire ce que vous en pensez ? »

Hodge répondit, bien entendu, que l'idée d'une introduction par le président des États-Unis lui plaisait mais ne dit rien quant au titre choisi par Curtis.

Il y avait une pointe d'impatience dans la lettre suivante de Curtis, du 16 novembre. « En ce qui concerne le titre du livre, écrivit-il, à moins que quelque chose de meilleur ne me vienne à l'esprit, je garderai celui que je vous ai déjà suggéré, *The North American Indian* [...]. Cependant, si vous en trouvez un plus adéquat, je serai ravi de l'utiliser... »

Après dix mois de travail sur le terrain pour les deux premiers volumes, Curtis s'isola avec ses trois assistants, Edmond Schwinke, W.E. Myers et William Phillips, un cousin de Mme Curtis, dans une cabane de Puget Sound, sans que même sa famille sache où il se trouvait. Durant trois mois ils travaillèrent, de 8 heures du matin jusqu'à 1 heure le lendemain, sept jours sur sept, afin de préparer le matériel pour la publication. Le jour où la tâche fut achevée, au début de 1907, Phillips se rendit à Boston pour lancer la publication.

Peu après, Curtis partit aussi pour l'Est. « Je vous expédie les deux premiers volumes par exprès, à savoir le texte proprement dit », écrivit-il à Hodge de l'Hôtel Belmont, le 27 mars. « Vous trouverez un système orthographique après la page 8 et, en face de la page 39 du volume 1, la reproduction d'une peau de daim sacrée apache. L'idée est d'écrire les différents noms des divinités représentées dans cette peinture

Le camp Curtis en pays walapai. Pour autant qu'on sache, [les Walapais] ont toujours occupé les montagnes couvertes de pins, s'étendant sur environ 1 600 kilomètres le long de la rive sud du Grand Canyon, dans le nord-ouest de l'Arizona.

sur la page en vis-à-vis, en mettant la peau à l'horizontale afin que le lecteur puisse l'étudier plus à son aise.

» Bien que nous n'ayons pas évoqué ce problème, je pense qu'il serait bien, qu'en tant qu'éditeur, vous écriviez une brève introduction à inclure au premier volume. Du fait qu'il y a déjà tant de préfaces dont celle du Président, il serait sans doute préférable que vous vous limitiez à une page... »

Curtis laissait à Hodge peu de temps pour la rêverie. Une semaine après lui avoir expédié le manuscrit de plusieurs centaines de pages, il lui envoya une autre lettre. « Si vous venez à Washington dans les premiers jours de la semaine prochaine, aurez-vous d'ici là eu le temps d'examiner la composition du livre afin que nous puissions en discuter ? » écrivit-il. C'était plus un ordre qu'une question.

Curtis, qui n'avait pas suivi d'études au-delà du collège, n'était pas nécessairement enclin à s'en remettre aux plus diplômés que lui. « Mon cher Monsieur Hodge », ainsi commença-t-il une lettre le 8 juin 1907 (au lieu de l'habituel Cher Hodge, moins formel), « Juste un mot au sujet des notes jointes aux volumes 1 et 2 ou plus précisément en ce qui concerne le bref sommaire méthodique ainsi qu'il figure dans le manuscrit que vous avez actuellement. Plus j'y réfléchis, plus il me paraît important de le poursuivre à travers l'ensemble de l'ouvrage. Il me semble avoir une valeur considérable et, en fait, il n'y a rien dans les différents volumes auxquels j'aurai recours aussi souvent qu'à ce bref sommaire des différents sujets et je pense que d'autres chercheurs, à la fois sérieux et superficiels, seront de cet avis. J'espère beaucoup que vous serez d'accord avec moi sur ce point.

» Je vais rester quelques jours ici à l'hôtel puis me mettrai en route pour l'Ouest. Je suis plus que satisfait que vous avanciez si bien dans le travail et que nous puissions, dans un proche avenir, commencer à donner une copie aux imprimeurs. Il a été décidé que Phillips resterait ici durant tout l'été et, de cette façon, il n'y aura pas de perte de temps pour terminer le livre. »

C'est alors que Curtis reçut un appel glacial du président des États-Unis, le convoquant à la Maison-Blanche. « Curtis, j'ai reçu une plainte d'un professeur de l'université de Columbia », commença Theodore Roosevelt avec sa franchise caractéristique. « Étant donné que vous n'avez pas de diplôme en ethnologie, ils mettent en doute la validité de vos recherches. Il n'y a qu'une réponse possible. J'ai nommé une commission de trois hommes que je considère comme des autorités suprêmes dans notre pays afin qu'ils examinent vos travaux et rendent un verdict. Je suis certain que vous savez ce que j'en pense personnellement. »

Le Président nomma les hommes qu'il avait choisis, trois sommités de la science : Henry Fairfield Osborn, conservateur de paléontologie vertébrée au musée d'Histoire naturelle américain ; William Henry Holmes, chef du bureau d'ethnologie à la Smithsonian Institution, Washington ; et Charles Doolittle Walcott, secrétaire de la Smithosnian – chacun d'eux ayant produit une œuvre impressionnante dans son propre domaine.

L'homme qui avait mis en doute la compétence de Curtis s'appelait le Dr Franz Boaz,

Edward S. Curtis en déplacement. Lieux et dates inconnus.

professeur d'anthropologie de l'université de Columbia et, jusqu'à l'année précédente, conservateur d'anthropologie au musée d'Histoire naturelle américain. Boaz était une autorité en matière d'Indiens et avait écrit de façon approfondie sur certaines tribus.

Curtis fournit des valises pleines de notes et de tout ce qui pouvait témoigner de ses travaux sur le terrain, y compris les cylindres d'Edison, avec leurs enregistrements de musique indienne. Le jury ne le tint pas longtemps dans l'incertitude. Une lettre d'Osborn lui fit part que, non seulement les trois savants se portaient garants de son œuvre, mais qu'ils la louaient.

Néanmoins, l'expérience avait été détestable et Curtis était peut-être encore un peu sur ses gardes lorsqu'il écrivit une dernière lettre à Hodge, de l'Hôtel Belmont, le 26 juin 1907, avant de repartir en territoire indien. Il avait corrigé la copie de l'éditeur et il disait clairement quelle version devait prévaloir.

« J'ai apporté de légers changements à l'introduction et vous la joins avec ces corrections. Elles sont minimes et je ne pense pas qu'elles vous choqueront, d'autant que je n'ai apporté aucun changement à la construction. J'espère que vous en serez satisfait et, au cas où il y aurait de légères modifications, pourriez-vous les noter à l'encre rouge et les faire parvenir à Phillips ?

» Mon adresse sur le terrain durant quelques semaines sera Pine Ridge, Dakota du Sud. Si une idée particulière vous vient en ce qui concerne les travaux sur les Sioux ou les Plaines du Nord, je serais très heureux que vous me la communiquiez. Myers est déjà au travail à Pine Ridge et m'écrit que tout progresse de façon satisfaisante. »

W. E. Myers, ancien journaliste au *Star*, de Seattle, était le bras droit de Curtis. Diplômé de littérature anglaise à l'université, Myers avait des talents exceptionnels en sténographie, typographie, grammaire et phonétique.

« Son habileté en phonétique impressionnait les Indiens. Lorsqu'un vieillard prononçait un mot de sept syllabes, Myers le répétait sans une seconde d'hésitation ce qui, pour le vieil Indien, tenait de la magie – et pour moi aussi. Nous pouvions passer le début de la soirée à écouter les chants d'accompagnement aux danses indiennes et, quand nous retournions à pied au campement, Myers les chantait. »

Curtis décrivit leur manière de travailler.

« La plupart du temps, lorsque nous récoltions des informations auprès des Indiens, Myers était assis à ma gauche et l'interprète à ma droite. Je commençais en posant les questions tandis que Myers et l'interprète me relayaient si j'omettais un point important. Quelle chance avait le pauvre vieil Indien face à un tel trio ?

» En prenant les notes en sténographie, nous fîmes avancer le travail au maximum. J'ose dire que notre trio était capable d'abattre plus de travail en un an qu'un chercheur solitaire, écrivant normalement et n'ayant pas de connaissances phonétiques, n'aurait pu le faire en cinq [...]. Nous n'avions pas non plus d'heures syndicales dans notre groupe. Chaque soir Myers tapait au propre ses notes avant d'aller se coucher. De cette façon, elles étaient tenues à jour. Notre temps de travail quotidien pour une saison de six mois dépassait les seize heures. »

S'il manquait un renseignement à Myers lorsqu'il transcrivait ses notes, il puisait dans une boîte en métal de 46 sur 61 centimètres, faite sur mesure, remplie de livres sur la tribu avec laquelle ils se trouvaient. Ce furent les carnets de notes de Myers qui mirent un terme si rapide au problème soulevé par Franz Boaz.

L'enregistreur d'Edison, contrepartie mécanique de Myers, n'était pas moins surprenant pour les Indiens lorsqu'ils entendaient la machine reproduire l'air et les paroles d'un chant.

« Les chanteurs et les membres de la tribu étaient terrifiés en entendant le chant reproduit par ce qu'ils appelaient la boîte magique », écrivit Curtis et il ajoutait : « Il était très difficile d'obtenir certains des chants qu'ils appelaient sacrés. Tous les chants étaient considérés comme la propriété personnelle du chanteur et comme une partie de sa vie à léguer à son fils aîné. »

L A FEMME de Curtis et son fils Harold, qui devaient passer les vacances d'été avec lui, l'attendaient à son campement de Pine Ridge. Tous deux étaient venus avec Myers et le reste de l'équipe, depuis la gare de Fort Alliance au Nebraska, en chariot attelé à quatre chevaux, le véhicule tout terrain de l'époque.

Curtis emmena le jeune garçon avec lui à Wounded Knee, à environ 30 kilomètres au nord-ouest. « Les serpents à sonnette étaient si nombreux dans les herbes que nos chevaux faisaient sans cesse des écarts », raconta Harold des années plus tard.

« Tout au long du chemin, nous croisions du bétail malade, la tête enflée par les morsures de serpent. »

Curtis allait à Wounded Knee pour honorer sa promesse, vieille de deux ans, de revenir donner un festin au chef Red Hawk et à ses hommes qui l'avaient accompagné dans les Badlands du Dakota du Sud. Les préparatifs avaient été faits pour l'accueillir mais il y avait des complications. Red Hawk n'avait pas pu limiter le nombre des invités si bien qu'au lieu des vingt Indiens prévus pour le festin, il y en avait trois cents. De surcroît, il y avait deux chefs d'un rang supérieur à celui de Red Hawk. L'un d'eux, Iron Crow, avait apporté son propre tipi d'apparat, hérité de ses ancêtres et il y invita Curtis pour le grand conseil des chefs.

C'était un vieux tipi magnifique, dressé à l'aide de vingt-cinq perches, dont l'une dépassait les autres de deux mètres, avec un « scalp » suspendu à son extrémité – en fait une queue de cheval –, seule concession aux temps nouveaux. Cinquante autres « scalps » étaient disposés sur le pourtour. Tous les piquets, en merisier poli, représentaient des crotales.

Curtis fut installé à la place d'honneur, au fond du tipi, face à l'entrée. Au cours des cérémonies qui suivirent, il annonça officiellement le but de sa visite et lut des lettres de salutation de la part du président Roosevelt, le Grand Chef Blanc de Washington et du commissaire aux Affaires indiennes, Leupp. Red Hawk parla avec bienveillance de la longue période durant laquelle ils avaient attendu cette visite de « Pazola Washte » – le nom qu'ils avaient donné à Curtis, qui signifiait « Jolie Butte » – et il dit à quel point ils étaient heureux de le voir tenir sa promesse pour le festin.

Iron Crow, jouant de son rang, interrompit les civilités. Faisant signe à l'interprète, il déclara qu'il y avait seulement deux bœufs pour trois cents Indiens présents ; d'après ses calculs, il n'y en aurait pas assez. Il en faudrait quatre.

Curtis répondit adroitement, assurant tout le monde qu'il y aurait d'autres bœufs. Il y eut des exclamations et des serrements de main et tout alla pour le mieux. Mais le lendemain matin, alors que la première procession était prête à se mettre en marche devant l'appareil photo de Curtis, le chef Slow Bull leva la main et se lança dans un discours. Lui aussi voulait davantage de bœufs. Parfait, répondit Curtis ; il les aurait. (On ignore où il alla se procurer tout ce bétail et comment se déroula finalement le festin.) Puis tous les Indiens décidèrent de se reposer et de fumer pendant le reste de la journée. Red Hawk ne dominait plus du tout la situation.

Calmement, sans montrer d'irritation, Curtis replia son appareil et partit. Au cours de la nuit, les Indiens changèrent d'humeur et le lendemain matin, les chefs Red Hawk et Slow Bull arrivèrent au camp à la tête d'une colonne de guerriers, disant qu'ils voulaient aider leur ami blanc. Ils reconstituèrent certains vieux rituels, mimèrent d'anciennes batailles, racontèrent de vieilles légendes. Curtis enregistra le tout.

Au cours de cet été-là, Curtis alla aussi visiter le champ de bataille de Little Big Horn, à quelque 480 kilomètres au nord-ouest de Pine Ridge, dans le Montana – bien qu'on ignore comment il s'y rendit. Décidé à retracer ce qui s'était passé pour le *North American Indian*, autant que possible avec l'aide des témoins directs, il arpenta dans tous les sens, pendant plusieurs jours, le site où, en 1876, les Sioux avaient anéanti le général George Armstrong Custer et sa troupe de 264 hommes. Trois éclaireurs crows, qui avaient servi sous Custer, accompagnaient Curtis : White Man Runs Him, Goes Ahead et Hairy Moccasins.

Il parcourut aussi le terrain avec Two Moon et un groupe de guerriers cheyennes

Les éclaireurs crows de Custer : White Man Runs Him, Hairy Moccasins et Goes Ahead. Curtis écrivit : « Au cours de mon étude personnelle approfondie du champ de bataille de Little Big Horn, je me fis accompagner par les trois éclaireurs crows qui, avec d'autres, guidèrent les troupes depuis la rivière Yellowstone, en remontant la Rosebud et, après avoir traversé son cours, vers la Little Big Horn. Ces trois hommes restèrent avec Custer jusqu'à ce qu'il soit activement engagé dans la courte bataille finale. »

Campement sioux. Il était d'usage que les membres d'une expédition guerrière tournent en cercle à cheval autour du tipi de leur chef avant de partir en territoire ennemi.

Retour des éclaireurs – Cheyenne. Alors qu'en apparence, les Cheyennes ressemblent aux Sioux et aux autres Indiens des plaines, ils ont une indépendance d'esprit et une attitude de supériorité spécifiquement cheyennes qui montrent qu'ils ont le sens de l'individu.

PAGE PRÉCÉDENTE : *Slow Bull – Sioux Oglala.* Né en 1844, il fit sa première expédition guerrière à quatorze ans, sous les ordres de Red Cloud, contre les Absarokes. Il participa à cinquante-cinq combats. À dix-sept ans, il captura cent soixante-dix chevaux appartenant aux Absarokes. La même année, au cours d'un rêve, il reçut le "pouvoir du bison" alors qu'il dormait au sommet d'une colline.

qui lui donnèrent leur version de la bataille. Red Hawk l'accompagnait aussi et se souvenait de ce qui s'était passé dans les moindres détails.

Pour compléter ses recherches sur les événements de Little Big Horn, Curtis en fit encore le tour, cette fois avec le général Charles A. Woodruff et les trois Crows, car il voulait qu'un officier expérimenté entende leur témoignage. Enfin, il parla avec des éclaireurs arikaras qui avaient guidé Custer, rassemblant encore d'autres précieuses informations.

Comme Curtis s'attardait à Pine Ridge, des Indiens se déplacèrent jusqu'à son camp pour parler. Les vieillards préféraient s'installer à l'ombre de sa tente pour raconter leurs histoires, révélant à Curtis ce qu'il cherchait, à savoir de plus amples informations sur leur tribu.

Sa façon d'agir avec les Indiens impressionna beaucoup le professeur Meany, de l'université de Washington, qui l'accompagnait chez les Sioux cet été-là.

Meany, qui avait étudié les Indiens sur le terrain durant des années, écrivit dans *World's Work* de mars 1908, qu'il avait rencontré « des ethnologues, des archéologues, des linguistes, des historiens et des artistes mais qu'aucun d'entre eux ne semblait aussi proche des Indiens que [Curtis] ; si proche qu'il semble faire partie de leur vie [...]. Il peut parler de questions religieuses avec un groupe de vieillards ; ils se passent la pipe en cercle et disent "Il est comme nous, il connaît le Grand Mystère" ».

Lorsque Curtis voyageait en territoire sioux, son passage était souvent animé par des Indiens facétieux qui simulaient des attaques contre son équipage, dans l'intention d'amuser leur ami. Ils procédaient comme autrefois, lorsque les attaques étaient réelles. Une silhouette minuscule apparaissait sur une colline lointaine – un éclaireur indien. Puis, lorsque le chariot s'approchait, une troupe d'Indiens jaillissaient de nulle part, en plein galop, emplissant l'air de leurs cris guerriers qui, pour bien des colons terrifiés, avaient été le dernier bruit entendu en ce bas monde. Lorsque les « attaquants » arrivaient à portée de fusil, ils glissaient sur le côté caché de leur monture, tirant des balles à blanc avec leurs armes, parfois sous le ventre de leur cheval ou entre ses pattes de devant.

Ils galopaient en cercle, tirant et hurlant comme si l'objet de tout ce tintamarre était un véritable ennemi. Malheureusement pour Curtis, ce manège ne s'arrêtait souvent que lorsque son équipage s'emballait et cassait son harnais.

Tandis que l'été avançait, Harold commença à accuser la fatigue. Lorsqu'il ne fut plus capable de tenir en selle, on le mit au lit. Sa mère dit que c'était la typhoïde : elle s'en aperçut car elle avait soigné son mari lors d'un accès de cette même fièvre.

On installa Harold sur un matelas pneumatique à l'ombre d'un peuplier. Dans ses moments de lucidité, il se rendait compte que sa mère lui donnait de la soupe de coq de bruyère ou de poisson-chat. De temps à autre, son père envoyait un Indien jusqu'à la halte ferroviaire la plus proche, avec une ordonnance à remettre au conducteur du train pour qu'il la fasse préparer à Chicago. La plupart du temps, le train passait en trombe, sans s'occuper des signes que faisait le messager pour l'arrêter. Parfois, il se passait une semaine avant que les médicaments n'arrivent.

Tandis que le travail d'été à Pine Ridge tirait à sa fin, Curtis trouva le temps d'aller chercher son courrier. Il fut consterné en apprenant que la publication des volumes 1 et 2, en principe prêts pour l'impression, était retardée. Le 25 août, d'une main ferme, il expédia une lettre à Hodge, écrivant si vite qu'il sauta des mots et ne ponctua pas ses phrases.

« Je suis resté sans courrier pendant quelques semaines, écrivit Curtis, et en recevant le paquet en retard, j'ai appris que les manuscrits n'étaient pas encore aux mains des imprimeurs. J'étais dans tous mes états...

» Afin de poursuivre la publication, je dois prendre des engagements précis avec la banque et si je ne tiens pas mes promesses ce sera la faillite et à ce point de l'affaire, je ne veux pas que les râleurs puissent dire : je vous avais prévenu. Si c'est humainement possible (et je pense que oui) ces deux volumes doivent être entre les mains des relieurs au plus tard le 15 octobre – je sais que le délai est court mais c'est urgent et il n'est pas question qu'il y ait du retard.

» Par tous les dieux indiens, faites votre part de travail et remettez-le à l'imprimeur. Puis, si vous n'avez pas le temps de corriger les épreuves et de faire l'index, chargez Phillips de trouver un correcteur à Boston qui puisse l'aider pour accélérer les choses. J'ai écrit à Phillips de me tenir au courant tous les trois jours quant aux progrès accomplis ; j'écrirai et télégraphierai à tous ceux qui sont concernés [les frais] sont importants et ces deux volumes doivent être prêts à livrer afin de pouvoir y faire face.

» La moyenne de mes dépenses mensuelles cette année, sur le terrain et pour terminer le livre, va excéder quatre mille cinq cents [dollars] – je vous supplie encore de hâter le travail - »

Il parla de la maladie de Harold, disant que cela lui coûterait « *la perte d'un mois de temps* et affecterait sérieusement le travail de la saison sur le terrain. J'essaie de trouver un moyen pour compenser ce retard et j'ai pensé pouvoir y parvenir en ébauchant le travail sur une ou deux réserves [indiennes] en prenant quelqu'un pour approfondir les détails à ma place. Au printemps dernier, vous m'avez parlé d'un homme qui pourrait m'aider. Je pense qu'il était à Chicago à cette époque. Avez-vous de ses nouvelles [...] ? Si je ne m'abuse, l'étude des Rees et des Mandans va demander un travail consciencieux et approfondi si l'on veut acquérir une connaissance exhaustive de leurs traditions ; cela devrait donner un splendide résultat...

» Mme Curtis et moi sommes seuls au camp avec notre fils, Myers et l'équipe sont partis. Devraient atteindre les Mandans aujourd'hui. Je les rejoindrai dès que l'on pourra ramener l'enfant à la maison... Laissez-moi vous demander une fois encore de nous aider tous en accélérant les choses. »

Harold fut bientôt assez fort pour voyager. On l'installa sur le matelas dans le chariot et Curtis le conduisit, avec sa mère, jusqu'à la halte ferroviaire. Le contrôleur eut la complaisance d'ouvrir deux sièges pour installer le matelas durant le parcours jusqu'à Chicago, où Mme Curtis prit des places dans un Pullman pour un voyage plus confortable sur le long trajet jusqu'à Seattle. Curtis rejoignit Myers et son équipe dans le Dakota du Nord et ils travaillèrent tous jusqu'à ce que les blizzards du début de l'hiver les chassent du terrain.

Comme les deux volumes étaient sur le point de paraître, Curtis se rendit dans l'Est pour s'occuper de la vente de son ouvrage. La Panique de 1907 s'empara du pays, le plongeant dans la dépression. Il y aurait moins de personnes prêtes à dépenser 3 000 dollars pour une collection de livres.

SUR LE PAPIER BRUN à en-tête du « Bureau de publication, *The North American Indian*, 437 Cinquième Avenue, New York », Curtis écrivit à Hodge le 1er décembre, « M. Donohue, un des agents de souscription, a essayé de placer le "grand livre" à la bibliothèque John Carter Brown, de Providence. Notre bon ami, M. Winship, veut l'exclure en se fondant sur leur règlement de ne rien accepter dans la bibliothèque qui soit postérieur à 1800.

» Je me demande si vous ne pourriez pas lui dire un mot en notre faveur et le convaincre que notre publication actuelle couvre un sujet bien antérieur à 1 800 et que cette date paraît alors bien récente [...]. Lorsque j'en aurai terminé avec la région du Sud-Ouest, j'en aurai tant à dire qu'aucune bibliothèque ayant la prétention d'avoir une documentation complète sur l'Amérique ne pourra nous exclure. »

À la mi-décembre, Curtis était à nouveau en route pour les territoires indiens. Faisant une pose au cours de son voyage à Saint Paul, il écrivit à Hodge au sujet d'une difficulté d'un ordre nouveau à laquelle il avait été confronté à Chicago la veille, en rendant visite à Edward E. Ayer. « Il s'est montré très amical et a manifesté beaucoup d'enthousiasme pour les photos. Cependant, il était très sceptique quant au texte éventuel. Il semble convaincu que je veux en faire un texte avant tout historique et a émis beaucoup de réserves. En d'autres termes, il pense que j'ai entrepris une tâche trop lourde pour un seul homme et m'a dit : "J'ai l'impression que vous voulez faire le travail de cinquante personnes."

» Je lui ai expliqué, du mieux possible, comment je traitais les différents sujets et j'ai essayé de lui démontrer que je n'écrivais pas une histoire des Indiens à partir d'œuvres déjà publiées mais que je collectais plutôt du matériel nouveau et le rassemblais d'une façon cohérente...

» J'ai pensé que vous aviez sans doute l'intention d'assister à la réunion de scientifiques à Chicago, le 1er janvier. Le cas échéant vous pourriez sans doute trouver l'occasion de glisser un mot, ici et là, en faveur de notre travail, d'autant que j'aurai soumis entre-temps le premier volume de l'ouvrage à M. Ayer, ce qui vous donnerait un bon prétexte pour évoquer le sujet...

» Je camperai à Pryor [Montana] dans quelques jours puis j'irai à Seattle. J'essaierai de vous expédier un chèque du camp. Phillips me demande de vous remercier vivement pour l'aide extraordinaire que vous lui avez apportée, dans la dernière phase du travail d'édition, et dit aussi que les gens de la "presse" ont été plus que gentils à cette occasion...

» Essayez d'aller à Chicago si possible et dès que vous trouverez l'occasion de dire un mot favorable, faites-le, je vous en prie. L'ouvrage peut se vendre entièrement sans la souscription de ces grandes institutions mais il peut être vendu plus rapidement si nous obtenons leur aval et vous savez qu'on éprouve une certaine satisfaction à savoir que ces hommes nous soutiennent... »

Curtis parvint à poursuivre son travail grâce au règlement complet de plusieurs souscriptions alors qu'il se trouvait dans l'Est et à l'obtention d'un prêt de 20 000 dollars de ses amis de Seattle. L'argent de Morgan était insuffisant.

Lorsqu'il arriva dans le Montana, il était temps de reprendre une tâche mise en œuvre quelques mois plus tôt. Celle-ci consistait à prendre en photo les Tortues sacrées mandans, utilisées par la tribu au cours de plusieurs cérémonies importantes. Autrefois vivantes mais à présent répliques en peau de bison, elles n'avaient jamais été vues par un homme blanc. Curtis était décidé à être le

Coracle mandan. Les coracles mandans étaient de petites embarcations rondes, construites en tendant une peau de bison récemment tannée sur une armature en baguettes de saule.

premier non seulement à les photographier mais également à apprendre leur légende.

« Je confiai les négociations avec le Gardien des Tortues à Upshaw [son interprète], sachant qu'il fallait un Indien pour l'emporter dans une discussion à l'indienne », écrivit Curtis dans la brève tentative qu'il fit pour coucher ses aventures sur papier. « Après de nombreux mois, Upshaw rapporta que Packs Wolf, le Gardien des Tortues, consentait à nous donner les informations que nous voulions. »

Packs Wolf leur intima de venir le voir au début de l'hiver. Il gardait les Tortues dans une cabane en rondins près de la sienne.

Il faisait presque zéro degré, le sol était couvert de neige et un vent polaire soufflait dans la forêt, lorsque Curtis et Upshaw arrivèrent à la cabane. « Packs Wolf et deux autres hommes-médecine complices dans cette affaire contraire à l'éthique nous attendaient. Après nous avoir réchauffés, on nous expliqua qu'avant d'entrer dans la Maison des Tortues, je devais prendre un bain de vapeur afin de purifier mon corps pour qu'il soit acceptable aux Esprits et aux Tortues. »

La loge à sudation était « une petite hutte faite de tiges de saule recouvertes de couvertures, à quelque distance de la maison de Packs Wolf, au bord d'une falaise. Près de là se trouvait le feu destiné à chauffer les pierres ». Curtis se déshabilla sur un talus de neige et entra dans la loge avec les autres. Il prit place à côté des trois Indiens et de Upshaw. « Nous étions accroupis, le dos appuyé contre le mur de couvertures. Devant nous se trouvait un trou peu profond, dans lequel l'assistant jetait des pierres brûlantes. L'entrée fut obstruée et les chants commencèrent. »

À certaines paroles on jetait de l'eau sur les pierres ; la vapeur emplissait alors l'espace, « et j'en oubliai aussitôt la température glaciale de l'extérieur ». Upshaw avait prévenu Curtis que les Indiens le mettraient à rude épreuve, et il lui avait conseillé de baisser la tête et de relever le bord de la couverture pour avoir de l'air si la chaleur devenait trop forte – mais uniquement en cas d'absolue nécessité car cela ne se faisait pas.

« Je ne pris pas le temps d'expliquer que j'avais déjà passé certaines de ces épreuves », écrivit Curtis, ajoutant que « les Indiens paraissaient aimer faire transpirer un Blanc le plus possible ».

Après quatre chants, la couverture fut légèrement soulevée pour laisser entrer un peu d'air. Puis une nouvelle provision de pierres brûlantes fut jetée dans la fosse, réactivant la vapeur pour une autre série de chants. La chaleur qui accompagnait la quatrième et dernière série de chants représentait « le test suprême d'endurance. Je pris presque plaisir à sentir la brise polaire en me rhabillant », écrivit Curtis. Il espérait que le blizzard qui se levait diminuerait les risques que d'autres membres de la tribu viennent troubler sa mission secrète.

L'heure appropriée pour voir les Tortues vint dans la matinée. « La Maison des Tortues était faite de lourds rondins. La porte était verrouillée et les fenêtres obstruées. En entrant, nous vîmes une grande table sur laquelle était empilé un assortiment hétérogène d'offrandes aux Tortues Sacrées. Il y avait des fétiches, des peaux, des bandes de calicot et de flanelle, des pipes, des plantes, des plumes d'aigle, des perles, des broderies de perles, des scalps et des amulettes contenant des cordons ombilicaux.

» À voix basse, le Gardien fit une courte prière aux Tortues, les suppliant de ne pas s'offenser. Ensuite, il ôta la masse d'offrandes sous laquelle elles étaient enfouies et j'aperçus pour la première fois ces objets mystérieux. Les Tortues étaient en fait des tambours et elles étaient magnifiquement confectionnées. Elles mesuraient environ 50 centimètres et devaient sans doute peser une vingtaine de livres chacune. L'homme-médecine expliqua qu'elles étaient très lourdes parce que chacune contenait l'esprit d'un bison. Il maintenait cette croyance vivante en faisant semblant de faire de grands efforts pour les déplacer ou les soulever. »

Les Tortues portaient des colliers de plumes d'aigle et Curtis en prit rapidement des photos. « Puis je demandai si les colliers pouvaient être ôtés afin que je puisse les photographier sans ornements. Cette requête provoqua une vive discussion entre le Gardien et ses assistants. Apparemment, ils craignaient que les Tortues ne s'offensent d'être ainsi dénudées. »

Le Gardien fit une longue prière, leur demandant la permission d'accorder cette requête. Puis, tandis que l'homme-médecine parlait aux Tortues sur un ton apaisant, les plumes furent ôtées avec soin et révérence.

« Enfin, après tant de mois d'efforts, je pouvais regarder les Tortues sacrées antiques qui avaient si bien été dissimulées, pendant tant d'années, au regard profane de l'homme blanc. Après avoir photographié les Tortues dénudées, je demandai courageusement si je pouvais les déplacer légèrement pour obtenir un meilleur angle

Upshaw – Absaroke. Absaroke instruit, fils de Crazy Pend d'Oreille, Upshaw assista Curtis durant son travail sur le terrain pour la collecte des données relatives aux tribus des plaines du Nord.

de vue. À mon étonnement, le Gardien acquiesça mais me prévint qu'il ne fallait pas les retourner. Si je faisais cela, nous mourrions tous. »

Avec au moins autant de respect que les Indiens, Curtis les déplaça sur la table afin de les exposer à une meilleure lumière et prit deux autres plaques. « Je tremblais comme une feuille et j'étais trempé par la sueur, écrivit-il. La crainte d'être interrompu avant d'avoir pu prendre les photos mettait mes nerfs à rude épreuve. »

Mais Curtis put prendre ses photos quoique lui et les autres furent bien près d'être découverts juste après avoir quitté la Maison des Tortues, vingt-cinq Indiens soupçonneux arrivant à cheval. Tandis qu'ils les toisaient en silence, lui et Upshaw, il exécuta tous les gestes nécessaires à l'enregistrement sur un cylindre d'Edison, s'efforçant de paraître innocent.

« De toute évidence, ils se demandaient pourquoi j'étais revenu voir le Gardien des Tortues en hiver. » Il essaya de ne pas montrer de hâte en replaçant son appareil et les négatifs dans ses sacoches de selle.

Tortues sacrées mandans. Les hommes-médecine prétendaient que ces tambours en forme de tortue pesaient très lourd parce que chacun contenait l'esprit d'un bison. Ils entretenaient soigneusement cette croyance dans l'esprit des membres de la tribu en prétendant faire des efforts considérables lorsqu'ils les manipulaient.

AU MOIS de janvier 1908, Hodge avait eu le temps de lire le volume 1, déjà publié, et avait donné ses impressions à Curtis. Celui-ci lui répondit le 14, d'un chalet de montagne à Pryor, où lui et son équipe travaillaient sur les informations récoltées l'été précédent chez les Sioux.

« Je suis ravi de votre lettre traitant de plusieurs points concernant le livre. Je suis de votre avis ; l'index devrait convaincre le lecteur quant au contenu du livre. Vous avez fait là un travail magnifique qui ajoute beaucoup à la valeur de tout l'ouvrage. J'ai lu avec attention ce que vous écrivez au sujet du Dr Culen [Robert Stewart Culen, directeur du Musée de Brooklyn]. Vous pourrez peut-être le gagner à notre cause ; si quelqu'un en est capable, c'est vous, mais je crains que le jeu n'en vaille pas la chandelle.

» L'attitude critique du bon docteur vient du fait que je n'ai pas su comprendre sa fatuité. Un jour, dans le vestibule de l'Hôtel Portland, je me suis approché de son Altesse et j'ai posé une main profane sur son épaule, m'adressant à lui comme à un égal, en lui disant : "Bonjour Culen. D'où sortez-vous ?"

» Il se tourna vers moi et me fixa d'un œil glacial qui aurait fait honneur à Waziya, le dieu sioux lakota, ou qui aurait refroidi les ardeurs sexuelles d'une jeune fille crow de dix-huit ans.

» Plus tard, lorsqu'il arriva à la ferme des Day, en territoire navajo, il évoqua l'incident et dit : "Qui est-il pour m'accoster avec une telle familiarité ?"

» Sérieusement, en tant qu'ethnologue, le docteur devrait s'en tenir aux faits –. Il se trompe lorsqu'il affirme avoir refusé de recevoir l'ouvrage à titre gracieux. Le conseil d'administration du Brooklyn Institute avait envisagé l'achat du livre et lui (en tant que membre du conseil, je crois) s'y est opposé.

» Il y a un an, il a également réussi à décourager une personne sur le point d'acheter, pour une valeur de 1 000 dollars, des photographies en vue d'une collection personnelle.

» Ses coups n'atteignent pas toujours leur but – en fait, j'ai trouvé une institution qui m'a expliqué que rien ne les convaincrait mieux d'acheter l'ouvrage que de savoir que Culen le rejetait. »

Quant à la critique de James Mooney, collègue de Hodge au Bureau d'ethnologie américaine, elle méritait plus d'attention. Les commentaires de Mooney portaient sur une photographie dont le titre était *Un guerrier cheyenne*.

« Je ne sais pas exactement à quoi la photo faisait référence ni si le titre est de moi ou de quelqu'un qui l'a utilisée mais cela me donne l'occasion de dire quelques mots sur les principes généraux touchant aux photographies et à leurs titres.

» Revenons au titre de la photo en question. Il n'implique pas nécessairement que l'homme est en train de se battre ou sur le point de le faire. Un Indien d'autrefois était un guerrier 365 jours par an avec une infime partie de ce temps consacrée au combat proprement dit. Durant les expéditions guerrières, ils portaient leurs vêtements de tous les jours jusqu'au moment du combat ou avant les rites préparatoires. En fait, lorsqu'ils allaient au combat, ils étaient souvent habillés, en particulier si leurs vêtements avaient un rapport avec le pouvoir de leur "médecine". Si une expédition guerrière se mettait en route, en quittant le village, ils revêtaient leurs plus beaux atours et faisaient le tour du campement. Un portrait d'eux ainsi vêtus pourrait être intitulé "Guerriers" et ce titre serait au-delà de toute critique.

» Les selles, confectionnées par eux ou achetées, ont été utilisées depuis deux générations. Il est vrai que ces selles étaient rarement utilisées lors des batailles proprement dites mais d'après le témoignage de plusieurs tribus, bon nombre d'hommes allaient au combat avec leurs selles, en particulier les plus jeunes ainsi que ceux qui vieillissaient, perdant ainsi leur agilité.

» J'apprécie bien trop les connaissances de Mooney dans le domaine des Indiens des Plaines pour lui en vouloir de sa remarque mais je pense que dans ce cas, il a adopté une attitude ultra-critique, présumant que ce titre voulait dire "Ce portrait est celui d'un chef vêtu pour la phase finale de la bataille", alors qu'en réalité, le même titre aurait pu être utilisé pour cet homme en train de fumer sa pipe dans son tipi. S'il voulait dire par là que je devrais prendre des photos d'eux à cheval sans vêtements d'apparat ou sans selle, je pense comme lui qu'il est souhaitable que nous le fassions autant que nous le pourrons. »

Curtis passa ensuite à d'autres sujets. « Je suis content de la façon dont se présente le volume Lakota... Le texte achevé vous parviendra sans aucun doute avant la fin février et le volume suivant, Hidatsa et Absaroke, six semaines plus tard. Vous aurez le troisième volume de l'année à la mi-juillet. La raison du retard du volume 5 vient de ce que certains des documents sur le cérémonial ne peuvent être obtenus avant que les feuilles n'aient reverdi et que les oiseaux ne chantent à nouveau. Les croyances sont intéressantes mais ont parfois des inconvénients... »

Dans sa lettre suivante, trois jours plus tard, Curtis parlait de certains perfectionnements qu'il avait à l'esprit afin que chaque nouveau volume soit « meilleur que le précédent ». Alors qu'il se trouvait encore à Pryor, il écrivit : « À l'avenir, je veux présenter assez de musique indienne pour en donner une idée générale mais aussi pour montrer comment elle intervient au cours des cérémonies.

» J'avais pensé inclure les portées de la musique enregistrée dans le texte, à la place exacte qu'elle occupe dans la description de la cérémonie. J'en ai parlé avec M. Myers qui semble craindre que cela n'alourdisse inutilement le texte et suggère de mettre toute la musique en annexe...

» J'en parlerai aussi à Orcutt, l'imprimeur et à d'autres et cela vaudrait peut-être la peine de tirer une page d'essai présentée de cette façon pour en apprécier l'apparence.

» Une autre idée aurait été de publier la musique des cérémonies en notes de bas de page. Nous avons tout le temps pour y réfléchir mais dites-moi ce que vous en pensez. »

Lorsque des louanges lui parvenaient au campement, même venant d'une source olympienne, Curtis réagissait de façon prosaïque. Un jour, il fit parvenir une lettre élogieuse accompagnée d'une brève note à Hodge. « J'ai pensé qu'il serait utile que vous ayiez ceci lorsque vous parlerez du livre avec d'autres chercheurs », écrivit-il le 28 janvier 1908, sans commentaires.

La lettre provenait du Dr Frederick Ward Putnam, professeur à l'université de

Peu d'aspects de la vie des Indiens sont plus intéressants pour le visiteur de passage que le comportement des enfants, avec leur timidité, leur regard espiègle et pétillant, leur attitude hésitante, autre aspect de leur gentillesse. À GAUCHE : Petit Oto. EN HAUT À DROITE : Enfant cheyenne. PAGE SUIVANTE À GAUCHE : L'innocence (une Umtilla). À DROITE : Danseur wichita.

Harvard, conservateur du Musée d'archéologie et d'ethnologie américaines ainsi que professeur d'anthropologie et directeur du musée d'Anthropologie de l'université de Californie. Il était aussi fondateur du Field Museum d'histoire naturelle de Chicago et conservateur d'anthropologie au Musée américain d'histoire naturelle de New York.

« Mon cher Monsieur Curtis, écrivait le Dr Putnam, j'ai eu beaucoup de plaisir à parcourir le premier volume de votre vaste ouvrage sur les Indiens d'Amérique du Nord, que M. Phillips m'a donné à examiner. Tout le monde sera satisfait de la façon artistique dont vous représentez le pittoresque dans la vie des Indiens – un des nombreux aspects de leur vie jusqu'ici négligé par l'incapacité à le présenter de manière adéquate. Vous appartenez à la dernière génération qui aura le privilège d'étudier les Indiens dans ce qui reste de leur milieu naturel et tous les futurs chercheurs et historiens se référeront à vos ouvrages, de même que tous les ethnologues se réfèrent actuellement à celui de [George] Catlin.

» À en juger d'après le texte du premier volume, il est évident que vous apporterez beaucoup d'informations précieuses aux américanistes grâce aux relations intimes que vous avez eues avec les membres des différentes tribus. L'anthropologue exigeant accordera beaucoup d'importance aux portraits d'hommes et de femmes de face et de profil, inclus dans vos livres et portfolios; et l'ethnologue saura apprécier à leur juste valeur les nombreux clichés des habitations variées des différentes tribus vivant dans des environnements divers, avec les aperçus de la vie quotidienne et des cérémonies mystérieuses.

» Il est d'une importance primordiale de rassembler et de sauver ces informations tant que cela reste encore possible et il est vraiment heureux que ce travail soit réalisé par un homme ayant l'habileté d'un photographe émérite ainsi que l'œil et l'esprit d'un artiste alliés à une compréhension sincère pour ce peuple si mal compris... »

AU DÉBUT DU PRINTEMPS 1908, Curtis était de retour à New York, se fixant comme objectif de publier trois nouveaux volumes dans l'année. « Myers me fait savoir qu'il vous a envoyé la plus grande partie du manuscrit pour le volume 3 », dit-il dans une lettre à Hodge le 16 avril, sur papier à en-tête de « *The North American Indian*, écrit, illustré et publié par Edward S. Curtis ». Puis il poursuit de manière explicite : « J'ai parlé à Orcutt de la Presse Universitaire l'autre jour et, en réponse à ma question sur la rapidité avec laquelle ils pouvaient faire leur part du travail cette année, il m'a dit un volume par mois, à condition que Hodge puisse faire la correction de façon à leur envoyer une partie du manuscrit régulièrement, une fois par semaine.

» J'espère qu'ils commenceront la composition aux environs de la mi-juillet. Serez-vous en mesure de corriger les épreuves pour qu'ils puissent prendre une telle avance ? »

Apparemment, Hodge répondit en manifestant quelques craintes, ce qui lui valut un « Mon cher Monsieur Hodge » presque sans précédent de la part de Curtis qui se hâta de lui répondre, le 21 avril. « Lorsque j'ai parlé de la capacité d'Orcutt de sortir un volume par mois, je ne voulais pas dire que nous allions garder ce rythme pendant un an, ce qui est le temps qu'il a demandé pour sortir les trois volumes. Trois volumes, bien entendu, c'est tout ce que je tenterai mais je souhaite les mettre sur le marché au plus tard le premier janvier [...]. Cela vous donnera un travail considérable sans nul doute, mais par contre, sur le plan financier, ce sera une très bonne saison pour vous. »

Tandis que son train l'emmenait à nouveau vers les plaines, Curtis pouvait être soulagé au moins sur un point : la façon dont son œuvre serait accueillie. Plusieurs mois après la publication des deux premiers volumes, les louanges commençaient à affluer.

« Tout Américain qui lira cet ouvrage sera fier qu'un si beau livre ait été publié en Amérique », dit le Dr Clinton Hart Merriam, un de ceux que Curtis avait secourus sur le mont Rainier, « et tout homme intelligent se réjouira de voir que l'ethnologie et l'histoire ont été enrichies par un témoignage aussi fidèle et artistique sur la population aborigène de notre pays ».

Ainsi que le feraient beaucoup d'autres, George Bird Grinnell choisit une photographie particulière à commenter, écrivant dans *Forest and Stream* : " "Le Peuple qui disparaît" est emprunt de poésie et de pathétisme car, que trouverait-on de plus significatif que la longue file d'ombres se fondant dans l'obscurité au loin ? »

E.M. Borrojo, bibliothécaire de la Guildhall Library à Londres, à qui J. Pierpont Morgan avait donné la collection n° 7 de l'ouvrage, était abasourdi par l'attention que les volumes suscitaient. « Bien que la donation Morgan ne soit exposée que depuis un jour ou deux à Londres, commentait-il, un bon nombre de savants distingués sont venus l'examiner. Le bibliothécaire a confié le soin de présenter les livres à deux assistants et l'exposition de photographies dans le long couloir menant à la bibliothèque a déjà attiré une attention considérable. Toutes sortes d'Indiens, des papooses aux "braves" dans la force de l'âge sont représentés et chaque phase de la vie des Indiens est figurée d'une façon que seuls les millions de Morgan ont rendu possible. »

Henry E. Huntington, financier et constructeur de chemins de fer, qui avait payé 50 000 dollars pour une Bible de Gutenberg, écrivit à Curtis après avoir souscrit à la collection n° 51 pour la bibliothèque Huntington de San Marino, Californie : « Je l'ai en haute estime pour ses illustrations saisissantes et la richesse de ses informations [...]. J'ai pris beaucoup de plaisir à parcourir les volumes et suis très heureux de les avoir sur les rayons de ma bibliothèque. »

Les louanges de Charles F. Lummis, bibliothécaire de la Los Angeles Public Library et fondateur du Southwest Museum de la ville, musée de première importance, au niveau mondial, parmi ceux consacrés aux Indiens d'Amérique, avait dû être reçues par Curtis avec un plaisir immense. « Le seul directeur qui s'est refusé à payer 3 000 dollars pour votre ouvrage, à une époque où la bibliothèque était particulièrement en difficulté et devait économiser même sur l'achat de livres à 1 dollar, s'est converti et se rend compte qu'aucune bibliothèque publique ne peut se passer d'un tel document historique. »

Lummis lui-même avait photographié les Indiens et vécu avec eux durant vingt ans dans les trois Amériques ; il avait également enregistré 425 chants indiens.

Jeune fille jicarilla. La femme ou fille jicarilla typique portait ses cheveux noués avec un grand ruban de coton ou de laine de chaque côté du visage.

« Cependant », poursuivait-il dans sa lettre, « j'admets franchement que je n'ai jamais vu d'aussi bonnes photos que les vôtres. Cela me fait vraiment regretter de ne pas être en mesure de souscrire à deux collections. » Il affirmait qu'aucun sujet « n'intéresse autant de gens – 1 sur 10 – que les Indiens ».

D'autres félicitations arrivèrent au cours de l'année 1908. « Aussi humbles qu'ils soient, les indigènes de notre pays méritent un monument », dit le Pr. W. J. McGee, du Bureau d'ethnologie américaine des États-Unis, cité par le *Evening Star* de Washington, du 3 juin. « Aussi cruelle qu'ait été notre conquête, elle mérite d'être rapportée ; et votre livre réalise les deux. Je ne connais aucune autre représentation des Indiens d'Amérique aussi fidèle que la vôtre – et aucune qui soit aussi vivante et précise. »

Le commissaire aux Affaires indiennes Leupp, qui avait étudié les Indiens depuis son adolescence, écrivit : « D'autres ouvrages parus, plus prétentieux que celui-ci sur

Chef jicarilla – Apache. En général, le titre de chef est héréditaire et transmis au fils aîné, s'il en existe un, autrement au frère du titulaire ; mais cette règle peut être écartée si l'opinion publique est assez forte pour le justifier et le chef peut être élu dans une autre famille.

le plan scientifique, rassemblent des quantités d'informations sur nos aborigènes américains. Mais la moisson de M. Curtis va bien au-delà du domaine statistique ou encyclopédique ; il est arrivé à pénétrer jusqu'au cœur de l'Indien et a été capable d'observer le monde avec le regard de ce dernier. Cela donne une coloration si vive à son texte que ses lecteurs non seulement absorbent, mais ressentent, le savoir qu'il communique. Je ne crois pas exagérer en affirmant que les conceptions les plus exactes de la race indienne que pourra se faire la postérité pourront être tirées de cette œuvre majeure. »

Le *New York Times* commenta : « M. Curtis a de rares qualités en tant que photographe, aussi bien dans le choix de ses groupes, de la lumière et des ombres, que des prises de vue qui rendent une photographie aussi plaisante que véridique et dans son habileté à la prendre après en avoir reconnu l'intérêt.

» Ses portraits, dans ce qui fait les qualités importantes de ceux-ci, sont meilleurs que la majorité des peintures à l'huile d'aujourd'hui et, dans ses autres photographies, on distingue toujours cette qualité impalpable que ne peut leur donner qu'un artiste qui perçoit la beauté autant que la réalité matérielle. Lorsqu'elle sera terminée, ce sera une œuvre monumentale, merveilleuse par le soin sans limites, le labeur et les difficultés de sa réalisation, remarquable par la beauté de sa forme finie et d'une importance majeure en raison de sa valeur historique et ethnographique. »

Pour le *Literary Digest*, l'œuvre de Curtis rappelait le monumental *Oiseaux d'Amérique* de John James Audubon, publié entre 1827 et 1838. « Elle n'est pas sans rappeler cet ouvrage fameux, par la splendeur de sa fabrication, l'authenticité et la valeur historique de ses illustrations ou par les méthodes employées pour rassembler les données. »

« Poète autant qu'artiste », écrivait E. P. Powell, dans *Unity Magazine*. « Si notre tour vient d'avoir à évacuer le continent, puissions-nous avoir un interprète aussi capable et un artiste d'une telle habileté et d'une telle bienveillance afin de nous immortaliser. »

C URTIS NE DONNA pas de nouvelles avant l'automne. Il se manifesta enfin par une lettre à Hodge le 19 août 1908, expédiée de Minot, Dakota du Nord. Il indiquait que son objectif de trois volumes par an paraissait en bonne voie – à condition de travailler encore avec acharnement.

« Nous vous avons envoyé le texte sur l'histoire des Crows aujourd'hui, écrit Curtis, et demain nous vous ferons sans doute parvenir celui sur les Sioux puis nous aurons d'autres travaux prêts à expédier dans les jours qui suivront. Nous aurons les manuscrits définitifs de ces trois volumes en l'espace d'une semaine... »

Huit jours plus tard Hodge avait déjà reçu les documents sur les Crows et écrit à Curtis qu'il les lui avait renvoyés, n'ayant rien trouvé, ou peu de choses, à y changer.

« Je suis plus que satisfait que vous aimiez la partie concernant les Crows, répondit Curtis. Personnellement, j'ai l'impression que nous avons approché la réalité de la vie indienne comme peu d'hommes blancs l'ont fait jusqu'à présent.

» Lorsque vous entreprendrez le travail sur les Hidatsas, vous verrez sans doute immédiatement que nous avons l'intention de les intégrer au volume 4, celui concernant les Crows. Cela implique bien sûr que ce livre sera un peu plus épais que les volumes 1 et 2...

» Je pense que le volume 5, relatif aux Mandans, Rees et Atsinas sera aussi plus épais que la norme. Nous essaierons d'éviter qu'aucun d'eux ne ressemble au *Who's Who*. »

Environ une semaine plus tard, Curtis écrivit encore pour signaler les progrès accomplis. « J'ai maintenant lu et renvoyé les épreuves sur les Sioux et les Crows et je pense qu'ils se présentent très bien. J'ai apporté quelques modifications mineures à vos corrections. Dans certains cas, les faits l'exigeaient ; mes autres corrections », expliquait-il avec tact, « concernent les passages où je n'avais pas réussi à m'expliquer assez clairement. C'est pourquoi vous m'avez mal compris et que vous avez tenté de préciser le sujet. Aussi ai-je alors modifié la question afin de clarifier la pensée que j'avais initialement à l'esprit... »

Du Dakota du Nord, Curtis se rendit dans le Sud-Ouest. Il écrivit de Santa Fe, Nouveau-Mexique, le 18 septembre 1908, envoyant sa lettre de façon énigmatique à « F.W. Hodges, Esq. » Il barra le « s » puis en remit un au début de sa lettre : « Cher Hodges, en réponse à votre courrier du 31 août, expédié à Minot, j'ai terminé mon bref mais éprouvant travail ici, et je suis heureux de pouvoir dire qu'en dépit de m'avoir donné quelques cheveux gris de plus, il m'a aussi apporté une base supplémentaire pour mon travail sur le Sud. »

Hodge lui ayant sans doute fait une suggestion sans rapport avec le domaine de l'édition, il enchaîna : « ... quant à hypothéquer le studio à votre compte, n'ayez aucune crainte, pour la bonne raison que tout ce que je possède, ou puis espérer acquérir, est déjà hypothéqué plus que de raison. Si j'avais un bien quelconque qui ne le soit pas, je l'engagerais immédiatement en garantie à quiconque me prêterait quelques dollars, ici même à Santa Fe... »

AU MOIS de novembre, après avoir passé une partie de l'automne à Seattle, « bousculant les choses autant que je peux ici », Curtis était à nouveau de retour dans l'Est, dirigeant la publication des volumes 3, 4 et 5, le quota de l'année. « Je rentre à l'instant de Boston, après avoir passé deux jours avec Myers et les graveurs sur plaque », écrivit-il à Hodge, de New York, le 11 novembre.

« Tout se présente bien et je vous exprime ma profonde reconnaissance pour l'aide que vous m'avez apportée dans le suivi du travail.

» Je serai à Washington dans une dizaine de jours environ et nous aurons alors la possibilité de mettre au point tous les détails qui nous viendront à l'esprit. »

Il eut une idée avant son arrivée à Washington et écrivit à Hodge : « Grâce à un ami anglais influent, je pense pouvoir m'assurer d'une critique du livre par un ou plusieurs éminents ethnologues anglais. Auriez-vous la bonté de me donner les noms de deux ou trois d'entre eux capables, selon vous, de nous être le plus utiles et parmi eux, mon ami anglais choisira celui qui lui est le plus proche ? Envoyez-moi la liste par retour du courrier si possible. »

Hodge réagit promptement, obtenant l'information voulue en deux jours. L'un des noms était celui du Pr A.C. Haddon, de l'université de Cambridge.

« Merci pour la liste de noms, répondit Curtis. Il se trouve que le Pr Haddon sera mon hôte dans un ou deux de mes campements au cours de l'été prochain. Du moins, c'est ce qu'a suggéré un membre du corps enseignant de l'université de Washington,

Mère et enfant absarokes. Les femmes consacraient beaucoup de temps à leur apparence et à leurs vêtements, afin de flatter le regard des hommes. Les cheveux étaient partagés par le milieu et retombaient de façon ample sur chaque épaule. Ils étaient noués à l'extrémité par un ruban en cuir ou autre ornement mais n'étaient pas nattés. Plus tard, lorsqu'elles virent les femmes nez-percés, avec leurs tresses soignées, elles adoptèrent cette mode.

ancien condisciple de Haddon et je serai certes ravi d'avoir la possibilité de lui rendre ce service. Il passera sans doute plus de temps dans un des campements secondaires, à Puget Sound, qu'avec mon équipe.

» C'est lord Northcliffe qui m'a proposé son soutien pour présenter l'ouvrage à quelques chercheurs anglais sérieux ; il est enthousiasmé par le livre et veut faire tout son possible. Mon idée d'obtenir une critique anglaise n'a pas directement pour but de produire un effet là-bas mais de servir comme aval étranger pour encourager les indécis de ce côté... »

Lord Northcliffe – Alfred Charles William Harmsworth – était un homme qu'il était bon d'avoir dans son camp. Il était propriétaire de la plupart des quotidiens de Londres et ferait l'acquisition, au cours de cette année 1908, du *Times* de Londres.

L'un des hésitants de ce côté de l'Océan ayant décidé de souscrire permit peut-être à Curtis de répondre à Hodge le 4 décembre : « Les demandes d'argent sont très nombreuses ce mois-ci mais, en dépit de cela, vous obtiendrez le montant que vous demandez et la seule chose qui me désole, c'est de ne pas pouvoir vous en donner bien plus...

» Quant au reliquaire et aux crânes hidatsas, oui, je savais qu'Heye les avaient [George E. Heye, collectionneur d'objets artisanaux et fondateur du musée des Indiens d'Amérique de New York en 1916]. Le révérend Wilson, qui rassemblait les pièces de collection, a été mon hôte durant plusieurs jours à mon campement la saison dernière. Par ailleurs, ainsi que vous le savez sans doute déjà, il y a beaucoup

Mère et enfant hidatsas. Lorsqu'un enfant venait au monde, les parents donnaient un festin et faisaient venir une personne éminente pour lui donner un nom. Lorsqu'un jeune homme arrivait à maturité et avait accompli un acte de bravoure, il avait le privilège de prendre le nom de son père, de son grand-père ou autre ascendant paternel. Il offrait des cadeaux à la personne dont il prenait le nom et cette dernière devait se choisir un autre nom.

de ressentiment chez les Dakotas au sujet des crânes en question. Entendez bien, je ne fais aucune critique mais je dis seulement quel est le sentiment de certains à ce propos. Officiellement, Wilson collectait des informations et des objets pour le Musée américain d'histoire naturelle mais, à présent, certaines personnes de la région disent que ce n'était que du bluff et qu'il ne faisait cela que pour revendre ce qu'il dénichait au plus offrant. Personnellement, je n'ai pas d'objections contre les acquisitions d'Heyes *[sic]*... »

L'effort pour obtenir toute la documentation nécessaire pour trois volumes au cours de 1908 aboutit. Cependant, alors qu'il repartait sur le terrain, au printemps 1909, un problème sérieux le préoccupait. Malgré l'espoir qu'il avait de voir la pression diminuer, avec cinq volumes chez l'imprimeur, la situation ne s'était pas améliorée. Les répercussions de la Panique de 1907 se faisaient toujours sentir. « J'ai reçu votre lettre concernant les fonds il y a quelques jours », écrivit-il en s'excusant à Hodge, le 13 juillet, de Seattle. « J'apprécie plus que je ne saurais le dire la patience infinie dont vous avez fait preuve dans ce domaine et vous dis tout de suite que je croyais pouvoir vous payer toutes les sommes dues depuis longtemps mais les rentrées ont été d'une lenteur désespérante.

» Sur les cinquante mille dollars qui auraient dû être payés en juin, j'en ai reçu moins de vingt mille et, en ce moment même, je me démène pour essayer de calmer les banques. Les affaires se présentent de telle façon qu'il me paraît impossible de vous faire une promesse ferme. D'ici à quelques mois, je serai en mesure de vous faire un paiement substantiel mais à l'heure actuelle, j'ai beaucoup de mal à empêcher la barque de couler...

» Le travail sur le terrain progresse bien [...]. Haddon viendra nous rejoindre à notre campement d'ici le 20 de ce mois et restera jusqu'aux environs du 5 septembre. Les tracas financiers ont sérieusement gêné mon travail personnel durant l'été mais, malgré tout, la tâche accomplie est tout à fait satisfaisante. »

De retour à New York en automne, Curtis eut une idée pour stimuler les ventes. Il la soumit en toute hâte à Hodge. « Je vous joins un brouillon de la lettre que je prévois d'envoyer aux souscripteurs et autres personnes intéressées par le projet », écrivit-il le 30 octobre. « Il est impossible de vraiment approfondir le sujet dans une lettre et j'ai exprimé mes arguments de façon lapidaire afin de condenser le maximum d'informations dans l'espace le plus restreint. Faites-moi toutes les suggestions que vous voudrez à ce propos... »

Dans une autre lettre – optimiste – à Hodge deux jours plus tard, Curtis écrivit : « J'ai eu hier un excellent entretien avec le Pr [H.F.] Osborn [du Musée américain d'histoire naturelle] et je dois lui écrire pour lui faire un compte rendu de mon travail de l'arrière-saison ainsi que lui indiquer mes projets pour l'année prochaine.

» Dans ce cas, j'utiliserai en fait la lettre dont vous avez les grandes lignes. Si cela ne vous dérange pas, j'aimerais aussi lui envoyer une copie de la critique de McGee. La position du Pr Osborn est très importante car il est actuellement en délibération avec M. Morgan et j'ai besoin de jouer tous mes soutiens. Il est enthousiaste à présent mais je veux qu'il le soit encore plus.

» Le Dr Haddon va se procurer la collection complète du livre, pour son usage personnel, par l'intermédiaire de M. Morgan et je pense pouvoir obtenir sa critique de l'ouvrage dans un avenir proche. La lettre de Haddon à Osborn [...] a été d'une aide précieuse. Le plus important d'un point de vue politique a été d'obtenir le soutien de Haddon. Si tout va bien, dans les quatre semaines à venir, je vais pouvoir créer une vague d'enthousiasme pour le livre qui balaiera la moindre opposition de gens comme Dorsey, et je vais voir [C.D.] Walcott [de la Smithsonian] d'ici à dix jours pour stimuler son intérêt autant que possible. »

George Amos Dorsey était conservateur d'anthropologie au Field Museum de Chicago et spécialiste de l'étude des Indiens d'Amérique.

Hodge avait fait des progrès auprès d'un réfractaire de Chicago et Curtis lui répondit : « Je suis ravi que vous ayez pu avoir cette conversation sincère avec M. Ayer » qui, deux ans auparavant, avait douté que Curtis puisse mener à bien un tel projet, affirmant qu'il « essayait de faire le travail de cinquante hommes ».

« Même si nous ne pouvons pas le convaincre au point d'en faire un souscripteur, poursuivait Curtis, il sera bon de le gagner à notre cause au moins de façon qu'il ne travaille pas contre nous...

» Je viens de recevoir une lettre du Dr Herman ten Kate, de Genève, en Suisse, si flatteuse que je vous en enverrai une copie dactylographiée et je conserverai l'original afin de le transmettre à mes petits-enfants. C'est une des petites choses les plus élogieuses écrites à ce jour. »

Le Dr ten Kate, correspondant de la Royal Netherlands Geographical Society, disait : « Cher Monsieur, je vous suis très reconnaissant de m'avoir envoyé la brochure du *North American Indian*. Bien qu'ayant déjà lu une critique de votre ouvrage, l'idée que je m'en étais faite ne correspondait pas tout à fait à la réalité. Ce que vous

Sœurs – Absaroke. Les petites filles étaient confiées à leur grand-mère. L'apprentissage des tâches ménagères commençait de bonne heure et, lorsque la jeune fille atteignait l'âge de quatorze ans, elle savait tanner les peaux et commençait à fabriquer des vêtements.

réalisez est magnifique. Vous bâtissez non seulement un monument éternel à la gloire d'un peuple qui disparaît mais aussi à votre propre gloire. Je suis certain que, si les Indiens pouvaient se rendre compte de la valeur et de la portée de votre ouvrage – et c'est sans doute le cas pour certains d'entre eux –, ils vous en seraient reconnaissants. En fait, d'une certaine manière, votre œuvre rachète les nombreuses injustices que notre race "supérieure" leur a infligées. Certains passages que vous avez écrits sont magistraux. En les lisant, les scènes des temps anciens dans l'Ouest me reviennent à l'esprit : j'ai ressenti une grande nostalgie et d'irrésistibles regrets. Il est impossible de douter que la photographie soit un art à part entière, après avoir vu les images qui illustrent votre texte... »

Les dernières semaines du séjour de Curtis dans l'Est, en 1909, furent agrémentées par d'autres louanges publiées avant la fin de l'année.

« Une étude très remarquable des tribus indiennes d'Amérique du Nord, par Edward S. Curtis », disait le *Sun* de Baltimore du 8 avril, décrivant l'ouvrage parvenu récemment à la bibliothèque de l'Institut Peabody. « Les moindres détails les plus connus de la vie quotidienne sont présentés d'une manière inhabituelle et intéressante [...]. Ce sera un apport d'une valeur inestimable pour les bibliothèques publiques ; et, même si les savants et les anthropologues s'y intéresseront davantage en raison des renseignements qui s'y trouvent, il n'est pas écrit dans le style aride et rébarbatif de la plupart des ouvrages scientifiques, mais, au contraire, d'une manière déliée et lisible, manifestant constamment de l'ampleur et du charme, dans l'expression et la présentation. »

« La finition, le style et la perfection de ces volumes surpassent de loin tout ce que nous avons jamais vu dans cette bibliothèque », dit le bibliothécaire adjoint de la Guildhall Library de Londres, cité par le *Star* de Kansas City, après la réception des trois derniers volumes de Curtis par la Guildhall. « Ces livres sont d'une si grande valeur et d'un caractère tellement unique, qu'ils ne seront pas placés sur les rayons

Campement de la Danse du Soleil – Piegan. Curtis vit les Piegans pour la première fois au cours de l'été 1898, à la saison de leur plus importante cérémonie religieuse. Il écrivit : « Ils campaient dans la prairie, au creux d'une cuvette, afin de n'être vus de personne. Tout à coup, la vue sur leur camp se déployait et on contemplait un spectacle exaltant. »

de la bibliothèque de la manière habituelle mais les étudiants et autres lecteurs pourront bien sûr y avoir accès sur demande. »

Le 10 décembre, Curtis, qui avait été en pourparlers avec J. Pierpont Morgan pour obtenir une aide supplémentaire, annonça la bonne nouvelle à Hodge. « Il y a quelques jours de cela, écrivit-il, j'ai reçu une décision favorable de la part de M. Morgan pour l'obtention de capitaux destinés au travail sur les Indiens. L'affaire est en train d'être réglée et l'argent sera disponible dès que les papiers, etc., pourront être établis.

» Je suis particulièrement satisfait de cette décision pour plusieurs raisons : le capital supplémentaire sera d'une grande aide et le fait que M. Morgan y ait consenti prouve qu'il est content du travail accompli jusque-là et qu'il croit en sa valeur.

» Il n'a pas, je pense, pris cette décision à la légère et sans mener d'enquête. Il ne fait pas de doute que l'opinion du Dr Osborn a eu un poids considérable sur la décision de M. Morgan et je suis persuadé que cette fois-ci c'est l'influence d'Osborn qui a sauvé la situation... »

C'est aussi en décembre que Hodge intervint auprès du Bureau de l'ethnologie américaine à la Smithsonian, ce qui lui valut les félicitations de Curtis. « Je pense que tout est pour le mieux et j'en éprouve presque autant de satisfaction que vous pouvez en ressentir... », écrivit-il à Hodge.

À la fin de l'année, Curtis lui envoya un chèque de 2 037 dollars. « J'espère qu'il contribuera à bien débuter la nouvelle année, écrivit-il.

» Et maintenant, un autre point de détail : comme vous le savez, je cherche quelqu'un pour travailler sur le terrain, en particulier pour remplacer Strong qui prend sa retraite au printemps. Strong m'écrit au sujet d'un certain Jeancon, de Colorado Springs. Il s'est occupé des Troglodytes à Manitou pendant un certain temps et connaît bien le Sud-Ouest.

» Hewitt le connaît mais il serait peut-être préférable de ne pas le mettre au courant de nos projets à cet égard. Strong me dit qu'il parle allemand, français et espagnol et qu'il connaît pratiquement chaque Indien dans tout le territoire du Rio Grande. À moins qu'il n'y ait quelque chose contre cet homme, il me semblerait judicieux de le prendre à l'essai pendant au moins un an.

» Faites-moi savoir si vous avez des informations le concernant et envoyez-les moi. »

Sous le tipi – Piegan. Les tipis piegans en peau de bison, et plus tard en toile, étaient de forme habituelle. Ils se distinguaient par la décoration caractéristique de l'intérieur.

Rêveries – Piegan. Les Piegans sont d'un naturel particulièrement doux et aimable. On peut difficilement trouver une tribu avec laquelle le travail soit plus agréable.

FIN JANVIER 1910, Curtis était de retour au Far West, se préparant à affronter une nouvelle et dure saison sur le terrain. « Ceci est ma deuxième journée de travail effectif dans la cabane », écrivit-il à son « cher Hodge » depuis la colonie de Waterman dans le comté de Kitsap (État de Washington) le 23 janvier. « Nous commençons à nous organiser et devrions pouvoir faire avancer le travail à partir de maintenant. Vous entendrez sans doute parler de nous de temps à autre car de nombreuses questions ne manqueront pas de se poser. »

Certains soucis qui inquiétaient Curtis lorsqu'il était dans l'Est le tracassaient toujours. « Lors de notre entretien à Washington, poursuivit-il, vous avez parlé de la possibilité d'obtenir une critique de M. ten Kate. Ce qui nous préoccupait alors, c'était de savoir où il trouverait les volumes. S'il acceptait d'en faire la critique, je serais d'accord pour assurer les frais de transport, disons de deux volumes et d'un des portfolios. Les frais ne devraient pas être très importants et une critique signée par lui nous aiderait certainement beaucoup. Voulez-vous lui écrire pour savoir ce qu'il en pense ?...

» J'aimerais vous arracher à votre bureau pendant deux semaines et vous garder ici dans la cabane. Nous sommes entièrement coupés du monde et le climat est tout sauf hivernal selon votre point de vue. Notre campement est aussi gai que l'on peut le souhaiter avec ce temps qui convient parfaitement aux canards. »

Une note de Myers, quelques jours plus tard, donnait une idée de la nature du travail qui se déroulait dans la cabane tandis que la pluie martelait le toit. « Cher Monsieur Hodge », écrivait Myers respectueusement. « Si Wissler [le Pr Clark Wissler, de l'université de Yale] a publié quelque chose sur les Blackfeet après son esquisse préliminaire et sa Mythologie (que nous avons toutes deux), pourriez-vous vous en procurer un exemplaire et nous l'envoyer ? Sincèrement, W. E. Myers. »

Ils étaient toujours plongés dans leur travail lorsque Myers envoya une autre lettre à Hodge, le 10 mars 1910, toujours écrite soigneusement à la main sur du papier de bloc-notes.

« Pourriez-vous écrire à Chamberlain pour savoir ce qu'il pense du mot kootenai ? Il le donne comme un terme s'appliquant à la tribu elle-même. Mais les Kootenais du lac Flathead, Montana, affirment que le mot n'est utilisé que par les autres Indiens, pas par eux-mêmes et que leur véritable nom est Ksanka.

» Si les Tunahas étaient des Salishans, ainsi que leur langue l'indique, alors ce qui me semblait l'origine presque certaine de kootenai devient contestable, à condition que [l'anthropologue Alexandre Francis] Chamberlain ait raison en affirmant que c'est un mot kootenai.

» Il y a quelque temps, j'ai écrit à Chamberlain pour lui soumettre un certain nombre de mots kootenais avec leurs origines probables ou peut-être improbables et lui demander son opinion mais je n'ai pas eu de réponse. A-t-il tendance à être chiche de son savoir ? J'aimerais savoir ce qu'il a à en dire et si, dans votre lettre concernant la question ci-dessus, vous pouvez inclure une suggestion qui apporterait une réponse, je vous en serai reconnaissant. »

À la mi-juin, Curtis et son équipe avaient terminé une phase de leur travail sur le terrain et étaient prêts à en entamer une autre. « Nous avons travaillé le long de la rivière Columbia, de Willapa Harbor et Quinault », écrivit Curtis à Hodge le 18 juin, sur une feuille de bloc-notes, comme Myers, « et à présent, nous nous rendons sur l'île de Vancouver où nous resterons environ deux mois. L'information préliminaire

Campement de l'auteur parmi les Spokanes. Dans la partie orientale de l'État de Washington, le long de la rivière Spokane, au sud de Cœur d'Alène, se trouvaient trois petites tribus connues sous le nom de Spokanes. On distinguait les Spokanes d'amont, du centre et d'aval, selon la position respective qu'ils occupaient sur la rivière.

à notre disposition ne nous éclaire pas beaucoup. Je pense que nos acquis seront plus grands que notre prescience dans ce cas.

» Myers a fait un voyage à Victoria dans l'espoir d'esquisser les grandes lignes du travail. Les personnes qui se trouvaient dans cette ville semblent manquer totalement d'informations concernant l'île [...]. Elles nous disent que c'est une mauvaise période car tous les Indiens sont absents. J'espère que nous glanerons un peu de matériel ici et là et que nous aurons au moins établi les grandes lignes de notre sujet à notre retour.

» Myers ira dans l'Est dès la fin de notre expédition sur l'île de Vancouver et sera prêt à se lancer dans la composition du livre, alors faites de votre mieux avec les manuscrits. Nous devrions être prêts à commencer la lecture des épreuves début septembre. »

L'expédition de Curtis sur l'île de Vancouver et au-delà contribua à satisfaire son goût de l'aventure. Il suivit la route de la rivière Columbia prise par Lewis et Clark en 1805.

« Je voulais étudier la région depuis la surface de l'eau, comme l'avaient fait l'équipe Lewis et Clark plus de cent ans auparavant, écrivit Curtis. Je voulais camper là où ils avaient campé et aborder le Pacifique avec le regard de ces explorateurs intrépides. »

L'embarcation qu'utilisa Curtis était plutôt moins prétentieuse que celle de Lewis et Clark : une petite barque à fond plat, à la poupe carrée et à la proue pointue, avec un moteur à essence d'une puissance à peine assez grande pour maintenir la vitesse nécessaire bien qu'ils se dirigeassent dans le sens du courant. Il utilisa un grand canoë indien comme embarcation secondaire pour le transport du matériel.

Avec lui se trouvaient Myers, Schwinke, Noggie (le cuisinier) et un pilote vétéran de la rivière Columbia qui voulait faire le parcours juste une dernière fois « avant de plier bagage ».

« Tandis que nous descendions le courant, Myers et moi prenions des notes ; nous cherchions des endroits pour accoster et pour vérifier les sites des villages anciens. Schwinke installait sa machine à écrire sur une caisse et tapait les notes de la veille. Parfois, les courants forts et les rapides nous contraignaient à ne penser qu'à éviter de chavirer. Le soir, nous campions sur la rive. Parfois, nous embarquions un vieil Indien et le gardions avec nous pendant plusieurs jours. »

Aux chutes de Celilo, où la rivière plonge dans un précipice de près de 30 mètres, ils eurent des problèmes pour charger le bateau sur un wagon plate-forme tirée par une coquette locomotive, afin de le transporter vers les eaux navigables en deçà des chutes. « La voie se prolongeait sur un plan incliné descendant dans la rivière et on y engagea la plate-forme jusqu'à ce qu'elle soit en partie immergée », nota Curtis en ajoutant que la fraîcheur de la saison compliquait l'opération.

Curtis s'activait dans l'eau tandis que les autres tiraient sur des filins depuis la berge. Ils n'entendaient pas ses directives en raison du vacarme des chutes et il revint à la nage pour leur donner des ordres. Il y trouva Noggie qui ne s'occupait plus de son filin mais s'était assis et pleurait.

« Que diable avez-vous ? lui demanda-t-il.

– Vous allez vous noyer », sanglota Noggie.

Les écluses leur permirent de passer la partie la plus dangereuse des grandes chutes, là où la rivière Columbia plonge à travers les cascades, vers la mer, mais il restait plusieurs kilomètres de chaos bouillonnant en aval, rendus plus dangereux en raison des pluies printanières.

« À la sortie des écluses, nous nous sommes amarrés au déversoir en béton pour une courte conversation avec les éclusiers. Plusieurs d'entre eux connaissaient le vieux capitaine et les autres étaient au fait de sa réputation de pilote le plus hardi et le plus prospère de la rivière. L'éclusier l'abjura de ne pas essayer de franchir les rapides en cette saison. « La rivière est à son niveau le plus haut », fit remarquer l'éclusier en jetant un coup d'œil désapprobateur au bateau de Curtis, « et les courants ont changé depuis votre époque ».

Pendant ce temps, Curtis mettait le moteur en route. « J'espérais presque que le capitaine suivrait leur conseil, écrivit-il, mais il ne répondit que par quelques grognements. Il me regarda et me demanda si j'avais lancé le moteur. "Si oui, allons-y." »

Tandis que le bateau se laissait entraîner par le courant, le vieux capitaine cria à Curtis qui manœuvrait la rame de proue : « Bon sang, ceci n'est pas de la navigation. C'est un match de boxe. Si la rivière nous porte un coup, nous sommes fichus. Gardez le bateau sur les vagues : tenez-le sur les crêtes. Ne nous laissez pas prendre par un tourbillon. »

Au premier plongeon dans les déferlantes, écrivit Curtis, le bateau « rua comme un cheval sauvage. Il se dressa sur ses postérieurs. Il plongea, tête la première dans un fossé béant. Il fit une embardée qui me fit presque passer par-dessus bord. Nous chevauchâmes une longue vague vertigineuse qui paraissait être la crête d'une montagne. Des tourbillons se trouvaient sur notre droite et, en les évitant, nous passâmes à un cheveu d'un autre à gauche. Tandis que nous le dépassions, un autre apparut sur la droite, assez grand pour avaler trois bateaux de cette taille. Nous vîmes un arbre pris dans le tourbillon. Il se dressa tout droit puis disparut. »

Les eaux se calmèrent et ils abordèrent la berge pour se reposer. Schwinke dit que le passage avait duré sept minutes. «Pour fêter l'événement ce soir-là, nous achetâmes un énorme saumon chinook à un pêcheur et fîmes un festin. C'était le plus gros et le plus juteux saumon que j'aie jamais goûté, écrivit Curtis. Nous mangeâmes jusqu'à ce qu'il ne reste que les arêtes.»

Lorsque l'équipe atteignit la rivière Willamette, Noggie replia calmement son sac de couchage et partit. Et le vieux capitaine qui avait voulu descendre la rivière une dernière fois décida d'aller voir des amis à Portland pendant que Curtis travaillait dans les environs. On ne le revit jamais.

Lorsqu'ils atteignirent enfin le Pacifique, ainsi que le rapporte Curtis, ils condamnèrent «leur vaillant mais indéfinissable petit esquif» à une fin ignominieuse, en coupant les amarres pour «qu'il puisse dériver jusqu'aux brisants de l'Océan afin d'être démantelé».

Pour affronter les eaux tumultueuses du Pacifique nord, Curtis acheta un plus grand bateau à Seattle: le *Elsie Allen*, long de 12,20 mètres et large de 3,36 mètres, construit par un Indien skokomish pour la pêche au saumon dans le détroit de Juan de Fuca. Le nouveau bateau avait un moteur à essence ainsi que «suffisamment de voile pour naviguer».

«L'équipage durant notre navigation sur le *Elsie Allen* était composé de M. Myers, M. Schwinke, d'Henry Allen, de notre guide indien et enfin du cuisinier.»

Pénétrant dans des eaux étrangères à Victoria, ils se dirigèrent sur Cowichan, à la pointe sud-est de l'île de Vancouver. «À ce point, le travail ne promettait rien de sensationnel mais formait une base importante pour les deux volumes consacrés à l'île.»

Les choses devinrent plus animées lorsque ayant terminé le travail avec les tribus de la côte ouest de l'île de Vancouver, ils repartirent par le détroit de Juan de Fuca et pénétrèrent dans le détroit de Seymour, un des passages dans le labyrinthe des voies maritimes qui séparent l'île du continent. Plus d'un bateau et d'un canoë s'étaient fracassés sur le rocher qui se dressait au milieu du chenal, faisant ainsi payer une lourde redevance en vies humaines.

«Mon intention avait été de mouiller l'ancre au sud du détroit, d'embarquer un pilote indien puis d'attendre l'étale pour tenter de franchir le passage.» La question de savoir où jeter l'ancre ne se posa soudain plus lorsqu'ils furent pris «en plein dans le flot de la marée sans assez de puissance pour battre en retraite devant le courant. Quels que puissent être les périls de la navigation dans le détroit en pleine marée, nous étions pris dedans et il n'y avait pas moyen d'y échapper».

Pour Curtis cependant, c'était enivrant.

«J'étais heureux de ne pas avoir de pilote indien et de faire l'expérience de la passe risquée du détroit au plus fort de la marée montante. Je pris la barre des mains de notre Indien et lui dis de descendre s'occuper du moteur.»

Avec Myers pétrifié à ses côtés, Curtis se battit avec la barre tandis que le bateau était emporté vers le rocher. «Dès que nous fûmes pris dans le tourbillon, je ne pus maintenir notre cap. Parfois, nous tournions comme une toupie. Notre étrave pointait dans tous les sens; pourtant, nous filions toujours en avant. En passant à côté du grand rocher, les brisants et l'écume retombaient sur notre pont. Nous eûmes l'impression de frôler le récif.»

S'essuyant les yeux, Myers remarqua laconiquement: «Eh bien, chef, maintenant que j'ai survécu au passage exaltant de la rivière Columbia et à celui du détroit de

EN HAUT À GAUCHE : *Garçon yakima.* Les caractéristiques psychologiques les plus frappantes des Yakimas sont l'obstination, l'arrogance et une certaine morosité, contrastant de façon marquante avec la bonne humeur de nombreuses tribus indigènes.

EN HAUT À DROITE : *Sur la plage – Chinook.* Une vieille femme chinook, avec son bâton et son panier à palourdes, avance lentement sur les vasières de l'extrémité sud de Shoalwater Bay, Washington. Chiish, Burden-basket (Catherine Hawks), est une des très rares survivantes de l'importante tribu qui occupait autrefois cette partie de l'État de Washington, entre le milieu de Shoalwater Bay et la rivière Columbia.

EN BAS : *Crépuscule sur la rivière Columbia.* Un contrefort des montagnes Cascades occupe l'arrière-plan.

Seymour à marée montante, je suis convaincu que la patte de lapin que vous portez est efficace. »

Plus loin, alors qu'ils remontaient vers le nord, un nouvel événement extraordinaire les attendait tandis qu'ils étaient au mouillage dans un fjord étroit et sinueux qui s'enfonçait dans les montagnes.

« Notre bateau se trouvait au pied d'une falaise abrupte. Nous avions terminé notre repas du soir et, installés sur le pont, nous observions le paysage mystérieux autour de nous. Sinistres, des falaises surmontées de forêts s'élançaient vers les nuages.

» Vers l'amont, où une perspective s'ouvrait dans le chenal, une ouverture dans les nuages bas laissait apercevoir les sommets couverts de neige rougis par les derniers rayons d'un coucher de soleil septentrional. Nous avions l'impression de contempler le paradis du fond d'un abîme. Le silence qui nous enveloppait était si profond qu'il semblait presque palpable. »

Au loin, un faible bruit se fit entendre, s'amplifiant rapidement. « Tout d'abord, cela ressembla aux craquements et aux bourdonnements de l'aurore boréale. »

Tandis qu'ils regardaient vers le haut du chenal, ils supposèrent tous que le bruit venait d'un puissant bateau à moteur.

« Puis, surgissant de la courbe à environ huit cents mètres en amont, apparut une immense baleine, nageant à une vitesse incroyable. Lorsqu'elle fut tout près, je reconnus que c'était un rorqual, de plus de vingt-sept mètres. De temps à autre, il s'amusait à frapper la surface de l'eau avec sa queue. Le choc, dans ce chenal resserré comme un tunnel, était cent fois plus fort que le retour de flamme d'un carburateur de voiture. »

Tandis que la baleine disparaissait au tournant, les spectateurs pétrifiés réalisèrent qu'ils avaient été témoins de quelque chose d'exceptionnel. « La vitesse extraordinaire et les sauts répétés de la baleine n'étaient possibles qu'en raison du courant très rapide. Le chenal était très tortueux et les tournants abrupts. Comment la baleine, dans sa course folle et exubérante, ne heurtait-elle pas les parois dans les virages, cela dépassait l'entendement. »

Pour Curtis, l'ethnologue, il était particulièrement exaltant d'arriver à Fort Rupert, juste au sud de l'Alaska. Il y entamerait le travail avec les Indiens kwakiutls. « Sachant que ce groupe de tribus indiennes possèdent un savoir primitif inhabituel, j'étais impatient de les étudier.

» Lorsque nous mouillâmes l'ancre dans la baie peu profonde où est situé le village kwakiutl, nous en vîmes l'unique rangée d'habitations. C'étaient de grandes constructions en planches dont les pignons faisaient face à la plage. Il y avait aussi quelques totems çà et là ainsi que des poteaux sculptés à l'entrée des maisons. De nombreux canoës de belle taille, magnifiquement décorés, étaient tirés sur la plage. »

Lorsqu'il débarqua, Curtis fut accueilli par George Hunt, avec qui il s'était entendu par correspondance pour qu'il lui serve d'interprète.

« Il était insupportable mais cependant l'interprète et l'informateur le plus précieux rencontré durant nos trente-deux années de recherches. Il était grand et vigoureux, quoique décharné et blanchi par les coups durs et soixante ans d'une vie aventureuse et dissolue qui avaient mis sa santé à rude épreuve. »

Fils d'un Écossais têtu, agent de la Compagnie de la Baie d'Hudson à Fort Rupert, et d'une Indienne très intelligente, Hunt avait appris à écrire tout seul, en commençant par copier des étiquettes au comptoir de commerce. Il avait persisté malgré l'interdiction de son père qui avait ponctué celle-ci d'un coup d'une violence extrême sur la tête du garçon.

Hunt avait si bien appris qu'il avait écrit un livre sur la mythologie complexe de son peuple, les Kwakiutls. « En dehors de l'œuvre incomparable de Sequoya, l'inventeur de l'alphabet cherokee, le livre de George sur les mythes kwakiutls est sans doute l'ouvrage le plus éminent écrit par un Indien sans instruction. »

Hunt était sujet à de mystérieux accès de rage meurtrière – peut-être le résultat d'une lésion cérébrale suite au coup asséné par son père lorsqu'il était enfant. « Au début de mes relations avec George, j'ignorais tout de son extrême irritabilité, frisant la folie. J'appris très vite à repérer les signes précurseurs des crises et lui suggérais alors immédiatement d'aller à la pêche ou de partir relever ses pièges. Pourtant, les attaques survenaient parfois sans crier gare. Un jour, des Indiens arrivèrent en courant pour me prévenir que George avait une de ses crises et allait venir me tuer. » Ils exhortèrent Curtis à se cacher.

« Je ne pouvais pas faire une chose pareille, écrivit Curtis. George était mon ami. Je descendis sur la plage, à sa rencontre. Je parvins à le calmer cette fois-là mais me rendis compte que cela se reproduirait. Lors de l'étude sur les Kwakiutls, je travaillai avec lui durant la plus grande partie de l'année. Le résultat fut à la hauteur de la patience et du tact que cela nécessita...

» Sans son assistance extraordinaire, conclut Curtis, les données pour le volume 10 n'auraient jamais pu être rassemblées. »

Il paraît aussi probable que Hunt sauva une fois la vie de Curtis dans des circonstances dues au penchant de ce dernier à imiter les Indiens : il s'agissait de pêcher une pieuvre ou « poisson démon » ainsi que le nommaient les Indiens. Dans ces eaux, au large de la côte de la Colombie-Britannique, c'était les plus grandes du monde : Hunt raconta qu'il en avait pris une de 24 mètres d'envergure.

Les Indiens, qui avaient une peur profondément enracinée à l'égard de ces créatures grotesques, racontaient des histoires poignantes de pieuvres saisissant les occupants d'un canoë et les emportant dans l'eau si rapidement qu'ils ne pouvaient se défendre. Un vieil Indien rapporta qu'une pieuvre avait saisi son canoë par les deux plats-bords, plaquant un tentacule de chaque côté pendant qu'un troisième ceignait le corps de sa sœur.

Malgré l'intelligence des pieuvres qui en aurait fait hésité plus d'un, Curtis était toujours décidé à en tuer une en luttant avec elle comme le faisaient les Indiens. Les pieuvres vivaient dans des cavités situées sous de grands rochers, assez loin de la rive pour ne pas être découvertes à marée basse. La méthode qu'emploient les Kwakiutls consiste, en marchant dans l'eau à marée basse, à repérer leur trou ce qui est facile car celui-ci est entouré de coquillages et de carapaces, leur nourriture étant principalement constituée de mollusques et de crabes.

« Le chasseur ou pêcheur est équipé d'une perche longue et mince. Lorsqu'il a repéré le trou, il sonde la cavité sous le rocher. Après avoir dérangé la bête, il retire la baguette et attend, immobile. La pieuvre, décidant qu'il vaut mieux aller ailleurs, rampe lentement hors du trou. D'abord les pointes de ses tentacules apparaissent. Puis elle sort avec beaucoup de précautions. Dès que tout son corps est dégagé, elle

Le pêcheur – Wishham. Vers le cours central de la rivière Columbia, aux endroits où le rivage abrupt et le courant tumultueux en amont le permettent, les saumons étaient pris et le sont encore à l'aide d'un filet au bout d'une longue perche. À la période favorable, un homme peut, en quelques heures, prendre plusieurs centaines de saumons – autant que les femmes et les filles de sa maisonnée peuvent en préparer en une journée.

Poteaux sculptés à Alert Bay. Ces deux colonnes héraldiques, à Yilis, village nimkish sur l'île de Cormorant, représentent l'emblème de la lignée paternelle du propriétaire, un aigle, et celui de sa lignée maternelle, un grizzly écrasant la tête d'un chef rival.

s'enfuit très vite. La rapidité avec laquelle elle atteint sa vitesse maximale est étonnante.

» Le pêcheur saisit la bête d'un mouvement félin et la jette vivement sur la plage. Le succès dépend entièrement de la rapidité du mouvement car la pieuvre doit être saisie et lancée avant qu'elle n'ait eu le temps de se servir de ses tentacules. »

Tandis que George Hunt attendait assis sur la plage, Curtis avança, de l'eau jusqu'aux hanches – ce qui était trop en vérité – et trouva un trou significatif. « Je sondai avec ma baguette et attendis ce qui allait se passer. Lorsque la pieuvre sortit de sous le rocher, sa taille me donna un frisson mais, ne voulant pas que les Indiens pensent que je manquais de courage, je l'agrippai. »

Hélas, il manqua son coup. « L'eau était trop profonde et la pieuvre trop lourde. Peut-être aussi l'avais-je saisie trop maladroitement. En tout cas, je ne la lançai pas et je fus pris. Une partie de ses tentacules agrippèrent le rocher et d'autres s'enroulèrent autour de mes jambes. J'étais complètement immobilisé, comme si j'avais été attaché avec de fortes cordes de caoutchouc. Plus je me débattais, plus la pieuvre resserrait son étreinte. »

Pour Curtis, les conditions empiraient rapidement. « Je portais des bottes en caoutchouc montant jusqu'aux hanches et la pieuvre faisait passer sa colère en y faisant d'innombrables trous. » Il décrivit ses attributs coupants comme « ayant la forme d'un bec de perroquet, affilé comme un rasoir ».

« Au secours ! » cria Curtis, voyant la marée monter rapidement. « Cette maudite bête va me noyer. »

De l'endroit où il se trouvait assis sur la plage, Hunt, jusque-là convulsé de rire, se rendit soudain compte de la gravité de la situation et se précipita à son secours. « L'eau m'arrivait déjà jusqu'aux épaules. George n'avait pas vu la pieuvre et ne pouvait donc pas comprendre le danger que je courais. Effrayé par ce qu'il vit, Hunt devint soudain efficace. Avec son couteau de chasse, il plongea dans l'eau glauque, cherchant le point vital. Il le manqua la première et la deuxième fois mais à la troisième, il réussit à entailler la pieuvre et les tentacules commencèrent à relâcher leur étreinte... »

Traînée jusqu'à la plage, la pieuvre mesurait 6,7 mètres d'envergure. « Et vous étiez assez stupide pour croire que vous pourriez capturer une pieuvre de cette taille en eau profonde », gronda Hunt.

Durant cette année passée parmi les Kwakiutls, Curtis admira particulièrement la façon dont ils pêchaient les baleines, disant que c'était « l'activité la plus téméraire et la plus dangereuse parmi toutes celles des Indiens d'Amérique. La capture d'une baleine – l'animal vivant le plus grand de ce monde – par des indigènes dans un frêle canoë est une entreprise vertigineuse ».

Avant de se lancer dans l'entreprise périlleuse qu'est la chasse à la baleine, souvent dans une mer démontée, les Kwakiutls demandaient l'intervention des esprits. La chasse débutait en mai ; cependant, ils commençaient les rituels secrets de préparation, y compris les rites de purification intensifs, au mois d'octobre précédent.

« Nous réussîmes finalement à percer le mur du silence et obtînmes non seulement les détails des cérémonies occultes ayant trait à la chasse à la baleine mais ce qui était aussi important, la légende relative à l'origine de l'animal. »

Curtis avait entendu dire que les chasseurs de baleines gardaient une momie à la proue du canoë mais il s'était passé des mois avant que quelqu'un ne laisse échapper cette information et il fallut corriger une grande quantité de notes en conséquence. Lorsqu'il eut sorti ce lapin de son chapeau, Curtis obtint la permission de prendre part à certaines cérémonies et de participer à une expédition.

Il lui fallait pour cela se procurer environ une douzaine de crânes et une momie. « Je n'avais aucune expérience de pilleur de tombe », commenta-t-il sèchement, « mais puisque c'était une condition préalable pour connaître les cérémonies, j'étais décidé à m'y soumettre ».

Cette perspective n'enchantait guère Myers. Énumérant les choses qu'il avait vécues avec Curtis, il s'exclama : « Quant à déterrer des crânes et des momies, je m'y oppose ! » Cependant, le moment venu de se lancer dans « cette recherche impie », ainsi que la qualifiait Curtis, Myers fut de la partie.

« Notre esquif ce soir-là était un frêle canoë en toile, idéal pour des manœuvres furtives. Abordant l'une des îles des Morts, je me mis à la recherche d'une momie. Je n'avais pas l'intention de profaner des tombes bien entretenues ou récentes mais plutôt de repérer une ancienne crypte. »

Il trouva de nombreux cercueils en décomposition mais pas ce qu'il recherchait. « Il y avait de nombreux squelettes mais aucun corps momifié. » Il expliqua que dans ces régions, peu de corps se dessèchent et se racornissent ; la plupart se décomposent tout simplement. « Ainsi, il faudrait sans doute examiner un grand nombre de sépultures avant de trouver une momie présentable. »

Par ailleurs, les crânes, bien que nombreux, étaient attachés à la colonne vertébrale et Curtis répugnait à les détacher. « Je les préférais, non seulement séparés, mais aussi bien nettoyés. » Beaucoup d'entre eux avaient encore des cheveux, autre cause de rejet. Cette nuit-là, il n'en trouva que deux acceptables.

La deuxième nuit – Myers avait demandé à rester dans le canoë plutôt que de descendre à terre –, Curtis eut plus de chance. Il revint avec quatre crânes dans son sac. D'autres lui parvinrent comme une manne. Peu de temps après, alors qu'il prenait des photographies à l'extérieur, un orage éclata et, tandis qu'il passait sous un grand sapin en courant s'abriter au village, il fut pris sous une avalanche de cercueils, délogés de l'arbre par le vent.

« En tombant ils brisèrent d'autres cercueils fixés sur des branches plus basses et il y eut un véritable déluge d'os et de crânes. Comme un garçon faisant la cueillette de pommes, je les ramassai rapidement, en ajoutant ainsi cinq à ma collection. »

Il restait à trouver la momie. Curtis demanda l'aide de George Hunt. Celui-ci parla du problème avec sa femme, The Loon, puis annonça avec un sourire satisfait : « Elle pense savoir où vous pouvez trouver une momie et elle vous aidera. C'est sur l'île des Morts de sa tribu, à quelque quarante-cinq kilomètres d'ici. Il faudra que nous y allions pendant qu'ils sont partis au village de pêcheurs. »

Ils traversèrent tous trois le détroit menant à l'île cimetière en prenant soin de ne pas se faire voir. Curtis et The Loon descendirent à terre pour visiter les « maisons tombales », rapporta Curtis. « Nous en ouvrîmes quelques-unes sans trouver de spécimen satisfaisant. Puis nous eûmes de la chance. Nous trouvâmes une magnifique momie de sexe féminin. Je ne savais pas avec certitude si c'était une parente ou une ennemie de The Loon. Ce qui était évident, c'est qu'elle connaissait très bien la personne et s'y référa toujours par la suite en l'appelant par son nom. Avant de

EN HAUT À GAUCHE : *George Hunt à Fort Rupert*. À propos de Hunt, Curtis écrivit : « D'une curiosité innée et doué d'une excellente mémoire, il a appris de façon si approfondie le cérémonial complexe et les pratiques chamaniques de cette peuplade ainsi que ses connaissances mythologiques et économiques, qu'aujourd'hui, cet homme est notre meilleur spécialiste des Indiens kwakiutls. Il note minutieusement les coutumes indiennes dans leur langue natale puis en fait la traduction mot à mot dans un anglais intelligible, lui qui n'a jamais été un seul jour à l'école. »

EN HAUT À DROITE : *Pêcheur de pieuvres – Kwakiutl*. Le pêcheur, ayant trouvé une cavité, introduit l'extrémité pointue d'un bâton sous le rocher et cherche à tâtons la partie ferme du corps qu'il transperce. La pieuvre, mortellement blessée, sort de son trou et le pêcheur la traîne jusqu'au rivage ou jusqu'à son canoë. On ne lui laisse pas le temps de mourir lentement mais on la bat à mort contre les rochers afin que sa chair soit mangeable.

Koskimo préparant le feu. On obtenait du feu à l'aide d'un foret en bois de pin ayant durci par une longue immersion dans l'eau et d'un très vieux morceau de cèdre mort. L'étincelle prenait dans de la poudre d'écorce de cèdre jaune. Tout en tournant le foret entre ses paumes, le faiseur de feu répétait sans cesse : « Viens, feu, je t'en prie. »

l'extraire du cercueil, elle lui parla et lui expliqua qu'elle allait bientôt recevoir un grand honneur. »

Ainsi équipé des éléments nécessaires, Curtis prit part aux rituels prescrits. Ceux-ci comprenaient « la cérémonie d'ingestion de momie, écrivit Curtis. Je refuse de dire si je participai ou non à la consommation de la momie. La question m'a été posée plus de mille fois. L'ingestion de momies est considérée comme du cannibalisme par le gouvernement britannique, et si quelqu'un est reconnu coupable de ce crime, il se retrouve derrière les barreaux pour longtemps. »

Cependant, en dépit de tout, les esprits ne semblèrent pas apaisés car, lorsque les baleiniers partirent en mer, leur proie était partie vers d'autres eaux.

Les aventures dont Curtis fut ainsi privé semblent avoir été suffisamment compensées par sa visite à Devil Rock pour photographier l'otarie polaire, la plus grande du monde, atteignant 4 mètres de long et pesant plus d'une tonne. Devil Rock, une des colonies favorites des otaries, se trouvait au large parmi les Îles de la Reine-Charlotte, à quelque 30 milles des côtes de la Colombie-Britannique.

Partant de Fort Rupert, Curtis atteignit l'île après une traversée houleuse de deux jours, arrivant avant le lever du soleil mais avec déjà assez de lumière pour prendre des photos.

« L'île grouillait de ces énormes animaux. Au sommet se tenait un mâle gigantesque qui dominait tous les autres. Nous le surnommâmes le Commandant. L'arrivée de notre bateau provoqua un mouvement d'effervescence dans le troupeau. Les mâles beuglaient et les femelles aboyaient en signe de protestation. Je pris rapidement des photos depuis le bateau. Mais déjà, les otaries fuyaient en masse. Elles se précipitaient du rocher formant une cascade de bêtes lourdaudes. »

L'équipe fut transbordée dans un canoë indien pour l'accostage. Le rivage abrupt, battu par les vagues du large venant se briser sur les rochers en déferlantes mugissantes, rendait l'entreprise précaire. Stanley, le fils de George Hunt, fut le premier à faire le saut. « Au moment opportun, il bondit comme un chat et atterrit sur les mains et les pieds. Myers le suivit. À chaque vague montante, je leur jetais des ballots de couvertures, de la nourriture, de l'eau, des harpons et l'équipement pour la nuit. »

Curtis lança un filin à terre et, en les faisant glisser le long de celui-ci, débarqua les appareils photo et les films, emballés, matelassés et enfermés dans des sacs imperméables clos par une bride de serrage. « Pendant que mes compagnons transportaient l'équipement à l'abri des brisants, je guettais le moment opportun pour sauter à terre. »

Tandis qu'il montait au sommet du rocher, Curtis fit une découverte terrifiante : « *Devil Rock était submergé à marée haute*. La carte maritime que j'avais consultée était de toute évidence erronée. Nous étions à trente milles du littoral et dans l'impossibilité de prévenir quiconque du danger où nous nous trouvions. »

Myers avait découvert la triste vérité à peu près au même moment. « Chef, lui cria-t-il, vous rendez-vous compte qu'il n'y a pas de bois d'échouage sur cette île ? » Les deux hommes regardèrent en direction du bateau qui les avait amenés et qui disparaissait rapidement, déjà trop éloigné pour pouvoir le héler.

La carte indiquait que Devil Rock émergeait de douze mètres à marée haute. « Cela ne représentait pas une grande marge de sécurité dans une tempête mais c'était suffisant par temps calme. Je n'avais pas imaginé qu'il puisse y avoir une erreur de douze mètres sur la carte. Sans le vouloir, j'avais exposé mon équipe à ce péril. J'avais à peine la force de parler pour répondre à Myers. »

Ils se mirent au travail comme s'il n'y avait pas d'inquiétude à avoir. « La chance serait peut-être avec nous une fois de plus et nous survivrions, écrivit Curtis. Cependant, je ne peux pas lire quelque chose sur la condamnation à mort d'un être humain sans me souvenir de ce moment terrible. »

Les otaries, grouillant dans les eaux tout autour, n'ajoutaient rien au sentiment de sécurité des intrus. « À courte distance, les mâles étaient si grands que nous paraissions des Pygmées. Ces monstres agressifs n'appréciaient pas de devoir partager leur territoire. Leurs dispositions étaient belliqueuses et les femelles semblaient également irascibles. Je compris alors pourquoi les indigènes, naviguant en canoë dans ces mers agitées pour harponner de si grandes créatures, avaient besoin de toute l'aide possible des esprits qu'ils invoquaient. »

En dépit de la précarité de la situation, Curtis s'activa avec son appareil, photographiant les otaries qui essayaient de trouver le courage de remonter sur le rocher. « Le Commandant, beuglant des menaces, fut le premier à venir mais, perdant vite courage, il replongea dans la mer. Il s'approcha de nouveau, encouragé par les aboiements de son harem. Tout cela offrait une excellente occasion de faire des photos. »

Tandis que les heures passaient, la marée se mit à monter. Les hommes pris au piège observaient, avec une appréhension grandissante, l'eau monter vers eux. Lorsque le soleil se coucha, leur monde mesurait environ 60 mètres sur 30.

« Les otaries, agitées, beuglaient et aboyaient en signe de protestation. Apparemment, elles tinrent une conférence et décidèrent d'opérer une attaque massive. Comme obéissant aux ordres d'un général en chef, de toutes parts elles prirent le rocher d'assaut. »

Curtis et ses deux compagnons se défendirent en frappant les animaux à la tête avec deux gros bidons d'essence vides qui avaient servi de flotteurs pour les harpons. Ceci n'eut qu'un effet temporaire et, tandis que l'obscurité tombait, les hommes et les bêtes arrivèrent à un compromis.

Pour se préparer à passer la nuit, les hommes rassemblèrent leur équipement à l'endroit qu'ils appelèrent « la suite du Commandant », un petit espace plat au point le plus élevé du rocher. « Celui-ci était entouré d'une arête, découpée de façon à ressembler aux vertèbres d'un gigantesque animal préhistorique. Ces failles dans la crête nous permirent de fixer nos lignes de harpon. Les appareils photos furent mis dans leurs sacs imperméables solidement attachés aux rochers. »

La nuit était calme, presque sans un souffle de vent et la mer, au-delà des brisants, était aussi lisse qu'un lac. L'effet rassurant de ce calme fut perturbé par la découverte que l'endroit était envahi par les poux. « Nous nous rendîmes compte que les otaries avaient une raison d'être irritables. Notre peau nous brûlait et nous grattait. Tandis que la partie émergée du rocher se rétrécissait, le nombre de poux augmentait. Il était temps de fixer nos lignes de vie. Myers suggéra que ce soit moi qui m'en charge. »

Lorsque Curtis en eut terminé avec Myers, ayant utilisé trois lignes au lieu d'une, celui-ci se plaignit avec humour qu'il était si bien ficelé qu'il ne pouvait pas se gratter. Lorsque arriva le tour de Stanley il demanda, d'un air incertain, si ce serait à ce point pénible.

La marée monta rapidement ; les brisants phosphorescents aspergeaient les isolés d'embruns salés. « La première vague à nous emporter de notre perchoir fut un choc terrible mais nos lignes tinrent bon. L'incertitude devant ce qui nous attendait était effrayante. Combien de temps pourrions-nous survivre ? Enfin, je perçus que la marée avait atteint son plus haut niveau et, à partir de là, ce n'était plus qu'une question d'endurance. Trente minutes plus tard, les brisants ne nous atteignaient plus. »

Trempés, meurtris, dévorés par les poux, ils s'activèrent à se détacher de leurs lignes de vie. « L'air froid sur nos vêtements mouillés nous fit claquer des dents. Exténués par les coups que nous avions encaissés, nous sortîmes nos couvertures de nos sacs pour nous protéger et essayer de dormir un peu. »

Curtis fut réveillé par des grognements, des soufflements et de la bave qui lui coulait sur le visage : le Commandant était penché sur lui. Il le chassa d'un coup de bidon qu'il avait posé à portée de main.

Au lever du jour, le bateau revint comme prévu mais son équipage était persuadé que c'était une perte de temps. Peu après avoir quitté leur mouillage, ils s'étaient arrêtés pour palabrer avec les occupants d'un canoë d'Indiens haidas et George Hunt avait expliqué qu'ils étaient en route pour aller chercher son fils et deux hommes blancs qui avaient passé la nuit sur Devil Rock.

« Cela ne sert à rien, avaient dit les Indiens. Personne ne peut survivre sur ce rocher toute une nuit. Certains membres de notre tribu dans leurs canoës y ont cherché refuge lorsqu'ils étaient pris dans une tempête mais ils se sont toujours noyés. »

Curtis et ses compagnons avaient eu de la chance car la nuit avait été étrangement calme. Quelques heures plus tard, une violente tempête se déchaîna et il leur fallut trois jours pour retourner sur la terre ferme. Déjà, ils étaient considérés comme perdus. Un journal rapporta « la perte tragique de l'expédition Curtis », accompagnant l'article d'une page entière de photos.

Au cours de ses aventures dans le Nord, Curtis était resté soigneusement en contact avec Hodge, le tenant au courant de ses activités et vérifiant qu'il était à jour dans son travail. « Cela fait un moment que je n'ai pas eu de courrier et je ne sais donc pas où vous en êtes du manuscrit », écrivit-il « du Camp, Alert Bay, Colombie-Britannique », le 21 juillet 1910. « J'espère que tout va bien car l'heure approche où Myers va se rendre dans l'Est pour reprendre le travail d'hiver.

» À présent, nous sommes avec les Kwakiutls autour d'Alert Bay et de Fort Rupert et nous y resterons environ jusqu'au 15 août puis nous irons à Barclay Sound pour travailler une quinzaine de jours avec les habitants de la côte Ouest. De là, nous irons à Seattle et Myers partira immédiatement dans l'Est. »

Curtis pensait à ses propres activités pour l'hiver. « J'apprends que McGee n'a pas encore retourné sa critique », observa-t-il avec impatience. « Je lui écris ce soir pour lui demander de la terminer. Il faut que je m'occupe activement des ventes du livre cet hiver et j'aimerais beaucoup que sa critique paraisse dans le numéro d'automne de l'*Anthropologist*. Vous pouvez peut-être m'aider en appelant McGee au téléphone pour attirer son attention sur l'importance de sa critique... »

Presque un mois plus tard, le 18 août 1910, Curtis était momentanément de retour des bois et il écrivit à Hodge de Victoria, en Colombie-Britannique : « Je viens de recevoir votre lettre et, tout en étant inquiet du démarrage tardif du manuscrit, je pense que cela se passera bien. Je compte cependant que vous aurez fini votre travail sur le volume 8 avant de partir pour le Sud-Ouest.

» Myers partira pour l'Est vers le 5 septembre. Il ferait bien de vous rendre visite pour s'entendre avec vous et prendre ce que vous aurez lu du manuscrit avec lui pour mettre les choses en route à Cambridge. Nous voulons faire avancer le travail comme de coutume, de façon que nous puissions, Myers et moi, partir sur le terrain le plus tôt possible pour un autre été et aussi pour des raisons financières. »

Curtis ne parla pas d'un autre projet qu'il mit en œuvre environ à la même époque, en 1910, et qu'il poursuivit par à-coups au cours d'autres visites en Colombie-Britannique durant les deux années suivantes. Il s'agissait d'un film, *Le Pays des chasseurs de têtes*, réalisé avec l'aide de Myers et de Schwinke. Il prit les Kwakiutls comme acteurs pour interpréter la légende de leur plus grand héros, Motana, et les montra « dans leurs grands canoës au milieu de la splendeur du décor de leur région ». Le film fut projeté en public pour la première fois en 1914.

C'est durant cette entreprise qu'il reçut une blessure qui lui empoisonnera l'existence jusqu'à la fin de sa vie. Cela se produisit alors qu'il filmait une baleine qui essayait d'échapper à la capture. « Avec des Indiens pour manœuvrer le canoë, nous approchâmes », écrivit Curtis dans la tentative avortée de ses Mémoires. « La créature était immense. Perché de façon aussi stable que possible dans un canoë indien par mer houleuse, je prenais des images incroyables de ce monstre.

» J'exhortais les pagayeurs à se rapprocher. Rétrospectivement, je suis étonné qu'ils aient souscrit à mon désir. Je voulais un gros plan de son immense gorge. Soudain, je fus projeté à l'eau, luttant pour ma vie aux côtés de ce Léviathan qui se débattait. Le canoë fut réduit en miettes; ma caméra et la pellicule inestimable disparurent au fond de la mer [...] comme j'ai regretté ce merveilleux film pris de si près. »

Il ne dit rien de sa blessure. Ce n'est que lors de sa correspondance avec Mlle Leitch, de la bibliothèque de Seattle, quelques décennies plus tard, qu'il y fait allusion. Dans sa lettre du 29 novembre 1948, pour expliquer les fréquentes mentions qu'il fait de son « pied traînard », il dit : « J'ai boité de cette jambe [...] à la suite d'un accident en tournant un film sur une grande baleine. Elle se mit en colère et brisa notre embarcation d'un coup de queue. Je m'en suis sorti avec une hanche cassée... Je boite toujours un peu. »

Un de ses amis, en lisant le scénario du *Pays des chasseurs de têtes*, lui suggéra de l'écrire sous forme de livre en utilisant le style déclamatoire des conteurs tribaux. Il fut publié sous le même titre en 1915 et lui rapportait encore des droits d'auteur trente-cinq ans après. Il en était de même pour *Indian Days of the Long Ago* que Curtis écrivit environ à la même époque et dont un million d'exemplaires furent vendus la première année. Il n'est pas dit quand il trouva le temps d'écrire des livres alors qu'il n'en avait pas pour tenir un journal.

Fille d'un chef nakoaktok – Kwakiutl. Lorsque le chef suprême des Nakoaktoks tient un *potlatch* (cérémonie au cours de laquelle on distribue ses biens à tous), sa fille aînée se tient ainsi sur un trône, qui repose symboliquement sur la tête de ses esclaves.

Une noce – Kwakiutl. La mariée se tient au centre, entre deux danseuses engagées pour l'occasion. Son père est à gauche et le père du marié est à droite, derrière l'homme qui tient le tambour.

Nez-Percé typique. La coiffe de guerre en plumes d'aigle avec des pendants en fourrure de belette ainsi que les bandelettes en loutre entourant ses nattes indiquent à quel point les Nez-Percés étaient influencés par les Indiens des plaines, qu'ils rencontraient au cours de leur pèlerinage annuel au pays des bisons.

A LA FIN de l'automne 1910, Curtis, de retour à Seattle, se posait des questions au sujet de Hodge qui aurait déjà dû être rentré de ses vacances dans le Sud-Ouest. « J'espère que vous avez repris le collier, que vous vous sentez particulièrement en forme, et que vous pourrez relire les épreuves à un rythme qui permettra de ne pas prendre de retard dans l'impression.

» C'est toujours la même vieille histoire : je suis pressé de voir les livres publiés. L'argent commence à manquer et j'aurai besoin de rentrer dans mes frais aussi vite que possible puisque, comme vous le savez, les emprunts courent de toute façon.

» J'ai été retenu au lit pendant une dizaine de jours mais je commence à me sentir apte au travail. »

Lorsque Curtis reçut enfin des nouvelles de Hodge, son moral remonta. « Je suis plus que ravi que vous avanciez si bien dans le travail », répondit-il le 26 octobre. « Si nous pouvons maintenir le rythme actuel, tout sortira à point et nous pourrons faire des livraisons anticipées, ce qui me permettra d'aller sur le terrain et d'avoir un très long été.

» Vous suggérez que ma maladie était peut-être due au surmenage. Eh bien, si vous pouvez penser à un moment au cours des dix dernières années qui n'ait pas été du surmenage, j'aimerais bien savoir quand. Je ne suis pas encore remis et me sens un peu découragé... »

À l'approche du printemps 1911, Curtis s'occupait activement des ventes. « Je vous envoie une épreuve de la critique de Hawthorne », écrivit-il à Hodge le 7 juin de New York, en parlant du panégyrique de 2 500 mots écrit par le fils du fameux auteur. « La critique est telle qu'elle sera publiée dans la presse dimanche prochain, d'un bout à l'autre des États-Unis. Après avoir été remise par M. Hawthorne, elle a été largement modifiée – les corrections consistent en grande partie à supprimer les superlatifs et les déclarations qui auraient pu offenser d'autres chercheurs...

» J'avoue que je suis confronté à un changement complet de mes projets sur l'année et je veux vous en parler », poursuivit Curtis en passant à un autre sujet. « En dehors d'un véritable miracle, je n'ai aucune chance de pouvoir trouver des fonds pour travailler sur le terrain cette année. D'ici à quarante-huit heures, j'aurai sans doute commencé à mettre en œuvre ces nouveaux projets qui consistent en une importante et active campagne de ventes, conduite personnellement et couvrant tout le territoire des États-Unis, commençant en octobre et se terminant au printemps prochain.

» Je suis confronté à ce problème depuis plusieurs semaines si bien que je peux à présent en parler avec un peu de lucidité. En d'autres mots, je ne suis plus amer. La période qui nous sépare de l'automne sera mise à profit pour préparer la campagne d'hiver. J'irai à Seattle d'ici à quelques semaines pour rédiger la documentation et poursuivre la correspondance afin de mettre au point les dispositions préliminaires pour les dates des conférences...

» Il ne faut pas que l'on sache que ce changement nous est imposé par manque de fonds. Il faudra simplement que nous disions qu'il semblait plus judicieux que je m'occupe de vendre tout le stock, afin de réduire nos emprunts et d'épargner les intérêts.

» J'espère continuer à faire travailler Myers sur le terrain. Je pense que je peux lui assurer frais et salaire, à condition qu'il consente à travailler tout seul. Puis, au cours du printemps prochain, je pourrais reprendre le travail sur le littoral et le boucler.

» Je présume que cette tournée de ventes est la dernière chance du livre et je pense que je pourrai la mener à bien. En même temps, je vais trouver quelqu'un pour couvrir à fond le marché européen.

» Je vous parlerai de tout cela plutôt que de vous en écrire davantage pour l'instant. »

Après sa conversation avec Hodge, Curtis lui écrit le 20 juin en manifestant son optimisme concernant ses nouveaux projets : « J'ai travaillé avec une ardeur considérable à la préparation de la campagne d'hiver et je suis plus que satisfait de l'intérêt suscité jusqu'ici... »

En octobre, de retour du terrain, Curtis était prêt à commencer. « L'été a été très éprouvant », écrivit-il à Hodge le 12 octobre, de l'Hôtel Belmont, à New York, « et le travail nécessaire à la préparation de cette campagne très dur. Cependant, je pense être en assez bonne forme pour commencer les conférences et j'espère être capable d'en faire neuf par semaine tout en surveillant la bonne marche de la campagne de vente. Tout dépend du succès de cet hiver.

» Ci-joint [...] des articles parus dans le *New York Times* et on m'a suggéré de rédiger quelques notes couvrant l'autre aspect du sujet. À cet effet, j'ai rapidement dicté quelques articles...

» ... Honnêtement, le nombre de gens cultivés qui présument que tous les Indiens parlent la même langue est simplement consternant. Il y a quelques jours à peine, un homme, diplômé d'une des grandes universités et qui dirige maintenant une école relativement importante, m'a demandé si les Indiens avaient vraiment plus d'une seule langue...

» Je vous joins un prospectus qui est l'annonce préliminaire de la conférence de Carnegie Hall. Celle-ci s'annonce très prometteuse et je veux qu'elle le soit car son effet sur le bilan de l'hiver sera important.

» J'ai surveillé attentivement tout ce qui était imprimé au sujet de notre tournée et je me suis toujours efforcé de supprimer tout ce qui pourrait choquer les esprits critiques. Les articles publicitaires qui ont été préparés ont tous été vérifiés par M. Schwinke et moi-même dans le même état d'esprit. La publicité est absolument nécessaire mais je veux qu'elle soit digne ; et en m'adressant à des personnes en relation avec les différentes institutions éducatives, j'ai expliqué que la tournée de conférences n'avait pas un but lucratif mais faisait partie de l'effort général afin de pouvoir poursuivre le travail...

» Je suis certain d'avoir la meilleure série de diapositives qui aient été réunies pour des expositions. J'ai écouté presque toute la musique et je suis convaincu que ce sera une partie intéressante de la manifestation, en particulier les morceaux composés pour accompagner les fondus qui sont impressionnants.

» Vous serez content d'apprendre que l'organisation matérielle – rencontrer des gens et discuter des préparatifs de ces conférences – révèle l'accueil très chaleureux réservé à l'ouvrage, la seule exception étant les hommes qui ont subi l'influence de Culen. En dépit de cela, la date de la conférence au Brooklyn Institute est fixée et tout indique que ce sera un succès...

» Nous partons pour Boston mercredi où nous passerons une semaine à répéter. »

Tandis que Curtis peaufinait son travail à Boston, manquant peut-être parfois de confiance en lui car il lui avait fallu adopter ces mesures, il put être rassuré par une critique des volumes 4, 7 et 8 parue dans l'*American Anthropologist* d'octobre-décembre 1911, par William Curtis Farabee, de Harvard, une autorité dans le domaine des Indiens d'Amérique du Sud.

« Les premiers volumes de cet ouvrage ont reçu des louanges bien méritées [...] en Amérique et en Europe, écrivait le Dr Farabee. Il paraîtrait impossible aujourd'hui d'améliorer les techniques et la finition de ces volumes, les derniers parus reflétant une amélioration progressive dans l'esprit et l'envergure...

» L'auteur a réussi admirablement dans son dessein d'en faire un ouvrage qui, il faut le dire, ne peut pas être contesté par les spécialistes mais qui, en même temps, sera du plus haut intérêt pour l'historien, le sculpteur, le peintre, le dramaturge et l'écrivain, tout autant que pour l'anthropologue... »

La tournée prit le départ et fut une réussite. « Le Carnegie Hall a été un formidable succès à tous points de vue », écrivit Curtis à Hodge, le 19 novembre, transporté de joie. « Nous avions un public très nombreux et très enthousiaste.

» Hier, j'étais à Brooklyn où nous avons eu également un vaste public. Le Pr Hooper a eu la gentillesse de dire qu'ils avaient accueilli un nombre incalculable de conférences sur les Indiens mais qu'il pensait que c'était la première fois que le sujet leur avait été présenté sous le bon éclairage, et avec une vue d'ensemble. Il a ajouté qu'il considérait la conférence comme la plus réussie de toutes celles qu'ils avaient organisées.

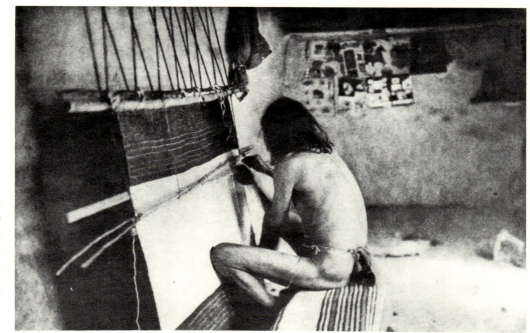

Tisserand – Hopi. Les Hopis sont maîtres dans l'art de tisser, tricoter et broder. Le tissage est une occupation exclusivement masculine. Ils fabriquent ainsi, de façon remarquable, les vêtements féminins de tous les jours, les robes de mariage, les ceintures de cérémonies et celles à usage quotidien ainsi que les couvertures.

Vannier – Skokomish. Les femmes de la tribu skokomish de Twana sont particulièrement habiles dans la confection de paniers souples.

Paniers de la région de Puget Sound. La fabrication des paniers continue à être une industrie importante parmi de nombreuses tribus de Puget Sound. La majorité de la production passe aux mains des négociants.

» Sur le plan de la popularité, la soirée au Carnegie Hall a été un tel succès que la direction de l'Hippodrome nous a demandé d'y faire une conférence qu'ils présenteraient comme une de leurs grandes soirées du dimanche... »

Mais dès le début de 1912, les représentations de Curtis connurent des revers. Curtis s'en explique dans une lettre sincère du 11 janvier 1912 au Dr Francis W. Kelsey, à Ann Arbor, Michigan, où on suppose qu'une représentation avait été annulée.

« Je trouve cette lettre difficile à écrire, commençait Curtis. Mes pertes durant l'hiver ont été très lourdes, plus peut-être que je ne m'en étais rendu compte jusqu'à ces derniers jours quand ma secrétaire et moi avons vérifié nos obligations en souffrance et regardé les choses en face [...] mes amis et supporters, consultés sur un emprunt supplémentaire pour continuer la tournée, me l'ont vivement déconseillé, affirmant que je ne pouvais pas prendre le risque en ce moment car, à vrai dire, si je me retrouvais avec un lourd déficit, je risquerais la faillite... »

Le jour même où il écrivit au Dr Kelsey, Curtis écrivit aussi à Hodge sans mentionner son intention de renoncer à sa tournée mais s'expliquant sur certaines critiques faites après la représentation à Worcester, Massachusetts. « Courage ! Le pire reste à venir ! » commença-t-il ironiquement. « En ce qui concerne la soirée de Worcester, c'était notre première présentation. Il n'y avait pas eu assez de répétitions (vous comprendrez que c'est un programme très complexe) et, n'ayant pas assez d'expérience des tournées, je fus assez stupide pour laisser le directeur de l'endroit placer notre appareillage dans la galerie. Celui-ci le plaça à un tel angle d'inclinaison que l'opérateur ne pouvait pas maintenir la mise au point. Nous eûmes par conséquent beaucoup de problèmes avec les images et cela me causa une grande inquiétude. En fait, ce fut une de ces soirées où tout le monde est très nerveux. »

Pour couronner le tout, il y eut un incident que personne n'aurait raisonnablement pu prévoir. « Au milieu de la représentation, quelqu'un vint derrière moi sur scène et se mit à expliquer qu'un membre de l'orchestre était mort et qu'il voulait aller à Boston.

» Cela fut finalement éclairci et nous découvrîmes que c'était le père d'un des hommes de l'orchestre qui était mort et que le musicien voulait aller à Boston. Pendant tout ce temps, j'essayais de parler au public [...]. Les professeurs furent très déçus mais leurs plaintes concernaient principalement les problèmes de mise au point et les ennuis avec le projecteur stéréoscopique.

» Quant au commentaire de quelqu'un d'autre qui affirme récuser mes propos et mettre en doute leur pertinence, l'expérience m'apprend que si un sourd-muet ne connaissant pas le langage des signes faisait quelque chose sur le plateau, il y aurait un certain nombre de personnes qui mettraient en doute ses propos...

» Le Dr Gordon est venu à New York [George Byron Gordon, anthropologue, directeur du Musée universitaire de l'université de Pennsylvanie, à compter de 1910] pour assister à la représentation et, après, nous avons passé une heure ensemble ici au Belmont », poursuit Curtis sur la défensive. « Je lui ai demandé explicitement et franchement de faire toutes les critiques auxquelles il pouvait penser concernant la représentation. Ses remarques furent toutes élogieuses. Il rentra immédiatement chez lui et prit les dispositions pour que le spectacle y soit donné [...] faisant tout ce qui était en son pouvoir pour le recommander ailleurs...

» Je sais au moins une chose, c'est que la représentation au Carnegie Hall à elle seule a été l'une des actions les plus importantes jamais entreprises pour servir les intérêts du *North American Indian*... »

Le 14 janvier 1912, Curtis confia à Hodge ce qu'il avait écrit au Dr Kelsey, à Ann Arbor, trois jours auparavant, retardant peut-être sa lettre parce que ses espoirs s'évanouissaient.

« Quant à la tournée proposée sous les auspices de l'Institut, je constate que je suis contraint d'y renoncer pour cette saison [...] mes pertes ont été si élevées que je n'ai plus d'argent pour continuer... »

Après une pause de plusieurs semaines, Curtis se trouvait toujours à New York, au bord du désespoir.

« Les choses sont terriblement décourageantes mais je garde toujours espoir », écrivit-il à Hodge le 28 mars.

U MILIEU de l'été 1912, Curtis était de retour à Seattle et le travail avançait à nouveau. « Je vous envoie une partie du manuscrit pour le volume 9 », écrivit-il à Hodge le 12 juillet. « Vous recevrez le reste dans quelques jours. J'espère que vous pourrez l'examiner avant de partir en vacances afin de le remettre au plus tôt aux imprimeurs, ce qui fera avancer les choses.

» J'essaierai de partir pour la Colombie-Britannique dès que possible et j'espère que notre texte sur les Kwakiutls sera prêt pour les éditeurs dès que nous en aurons terminé avec ce livre sur les Siwashs. »

En plus de ce nouveau voyage d'étude sur les Indiens de la Colombie-Britannique en 1912, Curtis effectua aussi une importante mission chez ses vieux amis, les Hopis, en Arizona, à qui il avait rendu visite pour la première fois en 1900. C'était pour prendre part à leur Danse sacrée du Serpent*. Il avait réalisé que pour saisir toute la signification de cette cérémonie – qui est une invocation aux dieux afin qu'il pleuve –, il se devait de vivre au milieu des Hopis et de ne pas se contenter d'être un simple spectateur.

À présent, après avoir rendu visite au prêtre du Serpent durant douze années consécutives, il allait finalement être initié comme prêtre de l'ordre du Serpent, seul Blanc à avoir jamais reçu cet honneur et à avoir été autorisé à participer à la danse, pour autant qu'il le sache.

Durant les seize jours d'août que dura la cérémonie, Curtis – à présent indien de

---

* Curtis a-t-il pu se tromper sur la date de sa participation à la Danse du Serpent lorsqu'il écrivit à ce sujet de longues années plus tard ? Il dit que c'est en 1912. Son ami, le Pr Meany, dans un article paru dans *World's Work* en mars 1908, parle d'un incident survenu durant l'été 1907, alors que lui-même et Curtis se trouvaient chez les Sioux, incident au cours duquel Curtis fit des remontrances à ses guides indiens parce qu'ils avaient tué un serpent, expliquant qu'il était prêtre de la religion du Serpent dans le Sud-Ouest.
Le *New York Times* du 16 avril 1911, citant Curtis, dit qu'il fait partie de l'ordre du Serpent.

Danseurs du Serpent entrant sur la place – Hopi. Les Antilopes se tiennent à droite, devant la cabane où sont entreposés les vases contenant les serpents. Les Serpents entrent sur la place, en font quatre fois le tour d'un pas martial puis, après une série de chants remarquables pour leur rythme irrésistible, ils se mettent à danser avec les reptiles.

fait – fit exactement la même chose qu'eux, tout en prenant des photos et en faisant des enregistrements.

La partie sérieuse de la cérémonie commença le huitième jour. « Vêtu d'un pagne, j'entrai dans la kiva avec le grand prêtre et suivis ses ordres et ses directives dans les moindres détails. Je dormis à ses côtés, jeûnai durant les neuf jours et, tout comme il était prescrit aux prêtres hopis, je n'eus aucun contact avec les membres de mon équipe et dus respecter le célibat. »

Le dixième jour, la chasse aux serpents commença. « Une fois nus, nous nous sommes couvert le corps de peinture rouge, considérée comme la semence des serpents. Pendant ce temps, le grand prêtre priait afin que les serpents ne nous fassent pas de mal. » On leur distribua un bâton pour faire sortir les serpents de leurs trous, un fouet en plumes d'aigle, un sac et un peu de nourriture.

« Puis, après avoir monté l'échelle pour sortir de la kiva, nous nous sommes mis en marche sur le sentier menant à la terre du vent du Nord. Il est interdit aux Hopis, ce jour-là, d'aller dans la vallée située au nord du village. »

Au pied de la falaise, ils s'arrêtèrent devant une source pour réciter une prière et disperser sur l'eau une offrande de farine de maïs. Puis la chasse aux serpents commença. « Heureusement, je fus le premier à en voir un. Nous l'entourâmes et jetâmes de la farine sur lui. » Comme c'était lui qui l'avait découvert, Curtis « apprivoisa » le reptile avec son fouet en plumes d'aigle, le faisant se dérouler pour prendre la fuite. « Je le saisis alors rapidement par le cou. »

Pour s'assurer de l'amour fraternel du novice pour les serpents, les Indiens le firent s'en entourer le cou avant de le mettre dans son sac. Ils en trouvèrent bien d'autres – « de toutes sortes et de toutes tailles mais principalement des serpents à sonnette. Nos sacs s'alourdirent bientôt sous leur poids ». Durant quatre jours, ils en attrapèrent, dans toutes les directions.

Les serpents qui s'accumulaient étaient gardés dans la kiva, où ils cohabitaient avec les prêtres. Lorsque l'un d'eux s'échappait des jarres en terre où on les avait placés, on le repérait aux traces laissées sur le sol couvert de sable ramassé dans le désert. Les jours qui suivirent, on chanta en l'honneur des serpents, on les lava et les caressa, les préparant ainsi pour la danse, apogée de cette longue invocation aux dieux pour que vienne la pluie.

Curtis décrivit les préparatifs : « Nous avons étalé de l'argile rose sur nos mocassins et d'autres parties de notre costume et de la nielle de maïs mélangée à un "remède" (concoction de jus de racines et autres) sur nos avant-bras, nos mollets et le côté droit de notre tête. Nous avons passé autour de notre taille la ceinture tissée traditionnelle aux franges de couleurs vives et derrière nous avons fixé une peau de renard qui s'agite au rythme de la danse. »

Après que les serpents eurent été transportés sur la place, les deux confréries, les Serpents et les Antilopes, s'alignèrent face à face. Tandis que l'une chantait et agitait ses crécelles, l'autre commença à danser. Chaque danseur reçut un serpent

Dans l'attente du retour des coureurs du Serpent – Hopi. La course du Serpent a lieu le dernier jour de la cérémonie du Serpent. Ce matin-là, les petits garçons sont nus, le corps peint en blanc. Ils ont les mains pleines de tiges de maïs, de melons et autres plantes et fruits. Dès que les coureurs sont en vue, les garçons courent autour de la mesa, poursuivis par les petites filles qui leur prennent leurs plantes et leurs fruits. Ainsi s'exprime le désir et la prière d'une récolte rapide.

qu'il tenait dans ses mains, le plaçant de temps à autre autour de son cou ou entre ses lèvres.

« Je suivis les danseurs qui faisaient quatre fois le tour de la place puis jetaient le serpent à "l'attrapeur" puis recevaient un autre serpent pour continuer la danse.

» Vêtu d'un pagne et du costume de la Danse du Serpent, avec le reptile réglementaire dans ma bouche, je pris part [au rituel de nombreuses fois] tandis que les spectateurs présents ignoraient qu'un homme blanc faisait partie de ces danseurs déchaînés. »

La cérémonie fut suivie de quatre jours de purification, pendant lesquels les chefs des deux clans ainsi que Curtis étaient reclus dans la kiva, poursuivant leurs prières pour faire venir la pluie.

« S'il ne pleut pas, observe Curtis, ils pensent qu'il y a eu une erreur dans le rituel. » Ce problème pouvait venir de sa présence et il joignit ses prières ferventes. « Heureusement, de lourds nuages s'accumulèrent au-dessus des montagnes et la pluie tant attendue se mit à tomber. »

De retour à Seattle après la réussite de son invocation aux dieux, Curtis reçut de Hodge ses premières notes de Colombie-Britannique, accompagnées de grandes louanges. « J'étais impatient de les recevoir », répondit-il le 26 novembre. « Je les ai parcourues hier soir pour voir vos annotations. Myers les aura d'ici à ce soir. Content qu'elles vous plaisent.

» Nous avons maintenant décidé de consacrer un volume exclusivement aux Kwakiutls. Cela signifie que le matériel concernant la côte Ouest et les Makahs devra faire partie d'un autre volume. Je me rends compte que cela accorde une large place à cette partie de la Colombie-Britannique mais il s'agissait plutôt de savoir si nous pouvions nous permettre de renoncer à une part assez importante du matériel sur les Kwakiutls pour inclure celui de la côte Ouest. Nous avons jugé préférable d'utiliser une grande quantité de matériel kwakiutl, même si cela nous contraint à négliger d'autres groupes moins intéressants. Ce matériel est unique, nous n'aurons sans doute jamais l'occasion d'en trouver d'équivalent et il est certainement très important qu'il soit publié. »

L'ANNÉE 1913 commença de façon habituelle. De retour à New York, Curtis poursuivit son but avec obstination : dépeindre les Indiens à travers l'écrit et la photographie. « Mon cher Monsieur Hodge », écrivit-il le 25 janvier, utilisant la formule cérémonieuse, peut-être pour compenser toute connotation négative dans ce qui suivait : « Je viens de recevoir une lettre de l'imprimerie me demandant de faire ce que je peux pour accélérer le retour des épreuves. Il est important d'agir vite maintenant. Pour cette raison, faites tout ce que vous pouvez pour activer la correction. Je vais écrire à Myers dans ce sens.

» Je vous verrai sans doute d'ici à dix jours. Je suis ravi que cette collection de livres soit partie à la Smithsonian. »

Dans une lettre du 19 février, Curtis écrivit : « J'apprends par la presse que Wanamaker s'occupe de son monument pour les Indiens. S'il se contente de son monument et cesse de dépenser de l'argent pour imiter mes photos, je serai satisfait... »

« Wanamaker », c'était Lewis Rodman Wanamaker, le magnat des grands magasins de Philadelphie, qui avait envoyé des expéditions en territoire indien, conduites par un certain Joseph Kossuth Dixon, afin de « recueillir des données historiques et faire des photographies de leurs mœurs, leurs traditions, leurs sports et leurs jeux, leur façon de faire la guerre, leur religion et le pays dans lequel ils vivent » – en bref, pour faire ce que faisait Curtis.

Sachant apprécier une bonne publicité lorsqu'il en voyait une et ayant l'argent pour la mener à terme, Wanamaker poussa son imitation de Curtis jusqu'au bout. Sous le nom de Dixon, il publia son propre *North American Indian*, dans le même format que les volumes de Curtis mais en un seul livre de 222 pages avec 80 photographies dans le même ton sépia qui distinguait celles de Curtis.

De surcroît, Wanamaker avait l'intention d'ériger une statue colossale au « Peuple qui disparaît » dans le port de New York, plus grande que la statue de la Liberté, bras droit levé dans le geste de paix des Indiens. On aménagea le terrain pour la statue au sommet d'une colline de Fort Wadsworth le 22 février 1913, au cours d'une cérémonie à laquelle assistait le président Taft et son gouvernement, les plus hauts dignitaires de l'armée et de la marine et trente-deux chefs indiens qui signèrent une « Déclaration d'allégeance des Indiens d'Amérique du Nord au gouvernement des États-Unis ».

« Vous remarquerez que même les dieux versèrent des larmes », écrivit Curtis à Hodge en faisant allusion à la pluie qui était tombée.

Le projet de statue de Wanamaker fut abandonné en raison de la Première Guerre mondiale. À l'heure actuelle, le site de Fort Wadsworth soutient l'extrémité du pont du détroit de Verrazano, côté Staten Island.

D'autres que Curtis étaient mécontents des activités de Wanamaker. Dans une lettre du 5 mars à Hodge, Curtis dit : « J'ai eu une longue conversation avec le Pr Osborn. Il nous soutient complètement dans notre travail et il est tout sauf enthousiaste en ce qui concerne d'autres sujets. Par exemple, le mémorial Dixon. Une grande partie de notre conversation était trop confidentielle pour la confier à la poste. Je vous en parlerai la prochaine fois que je viendrai à Washington. »

Ce que pensait le Pr Osborn de l'entreprise Wanamaker-Dixon et de ce qu'on pouvait faire pour la contrer n'est pas indiqué. La fin de la lettre de Curtis en fournit peut-être un indice : « Je suis ravi que [Franklin K.] Lane [juriste, conservateur et vieil ami des Indiens] soit ministre de l'Intérieur. Il n'y a rien de tel que d'avoir un excellent ami de toujours à cette position. »

En avril 1913, J. Pierpont Morgan mourut et une page commémorative fut soigneusement rédigée pour une insertion en tête du volume 9, ce qui absorba toute l'équipe pendant la plus grande partie du mois. De plus, Curtis écrivit un texte rendant honneur à la mémoire de Morgan. Lu au cours d'une réunion du conseil d'administration du *North American Indian*, il fut imprimé sur des feuilles identiques à celles des livres afin que les souscripteurs puissent l'insérer à l'intérieur d'un volume.

Au moment de la mort de Morgan, Curtis se trouvait à New York. « Je commençais tout de suite un rapport financier à jour sur notre situation ainsi qu'un autre sur le projet, que je remis aux experts-comptables de la banque Morgan. Peu de temps après, je reçus un appel me disant que le fils de M. Morgan voulait me voir. »

Curtis s'y rendit le lendemain, « littéralement muet d'appréhension, sachant que pratiquement toutes les expéditions à l'étranger de l'aîné des Morgan avaient été supprimées par câble ; je savais aussi que toutes les commandes pour l'achat d'œuvres d'art et de peintures avaient été résiliées et qu'une grande partie de ses peintures étaient en vente. Considérant tout cela, je ne voyais pas comment le projet du *North American Indian* pourrait être maintenu ».

Accueillant Curtis d'une vigoureuse poignée de main, le jeune Morgan le mit immédiatement à l'aise. « Je comprends très bien votre anxiété au sujet du sort du *North American Indien*, dit Morgan. Nous avons examiné le problème à fond, en famille, et avons décidé de le mener à terme comme Père le désirait. »

Il y aurait quelques changements. Tous les efforts de vente seraient interrompus et toute l'énergie concentrée sur le travail de terrain et la publication des volumes. Le bureau de la Cinquième Avenue serait fermé et les affaires prises en charge par la banque Morgan. Curtis devrait s'organiser entre ses voyages et la rédaction du texte de façon à pouvoir passer quelques semaines à New York chaque hiver.

« Je dressai tout de suite le plan des actions nécessaires pour compléter les vingt volumes. J'écrivis à M. Myers pour l'informer du programme de recherches de la saison à venir. Nous devions commencer parmi les Mandans et les Arikaras, dans la région du haut Missouri. »

Lorsque Curtis arriva sur place pour se mettre à l'œuvre, son équipe s'y trouvait déjà. Le premier homme à l'accueillir fut une nouvelle recrue qui avait une doléance.

« Dans combien de temps pourrons-nous quitter cet endroit ? » demanda-t-il à Curtis. « Nous sommes dévorés par les moustiques.

– Au diable les moustiques ! rétorqua Curtis. Nous sommes ici pour travailler et nous y resterons jusqu'à ce que ce soit terminé. Si vous ne supportez pas les moustiques, il ne vous faudra pas plus de deux jours pour aller à pied jusqu'à la gare. »

Fin 1913, le prix des volumes fut augmenté. Curtis étant en Colombie-Britannique où il travaillait depuis le mois d'août, Hodge l'apprit par Lewis Albert, le secrétaire de Curtis à New York. « Au cours d'une réunion des directeurs du conseil d'administration », écrivit Albert, le 8 novembre, « il a été décidé qu'à dater du 1er janvier 1914, le prix de souscription de tous les exemplaires invendus de la collection du *North American Indian* serait augmenté. Une hausse de prix est nécessaire afin de couvrir de plus près le coût des recherches et de l'édition. L'édition courante, que ce soit la van Gelder ou la vélin japonaise, sera désormais vendue 3 500 dollars. S'il reste des exemplaires de l'édition sur papier de soie, ils seront augmentés à 4 500 dollars. Ceci, bien entendu, n'aura pas d'incidence sur votre contrat et je ne vous transmets ces éléments qu'à titre d'information... »

Pendant ce temps, à Seattle, Curtis perdit un homme clé. A. F. Muhr, le magicien de la chambre noire, qui avait tiré *Le Peuple qui disparaît* à partir d'une plaque considérée comme sous-exposée, mourut subitement. « Cela se produisit après une journée de travail, en fin de semaine et sans le moindre signe précurseur », écrivit Curtis le 24 novembre. « J'étais sur le terrain à l'époque, et je revins le plus vite possible. Je dois rester au studio jusqu'à la fin de l'année pour mettre les affaires au point afin d'être relativement déchargé de ce fardeau. »

La veille de Noël, Curtis répondit à une question de Hodge : « Edward Sheriff Curtis est le nom complet. Sheriff vient du côté maternel, la famille de ma mère étant anglaise et portant ce nom.

» J'ai été submergé ici, au studio », poursuivait-il, mais, pour la première fois dans le souvenir de Hodge, Curtis n'était pas pressé. « Je vais tout de suite commencer à envoyer des plaques à Andrew [John Andrew et Fils, de Boston] pour le volume 10 mais pas dans le but d'accélérer l'édition. Ce n'est que pour les avoir prêtes si besoin...

» À en juger par l'ensemble des nouvelles, la conjoncture est effroyable pour les affaires dans l'Est et cela fait hésiter avant de se charger d'un important problème financier... »

L'année 1914 était bien entamée lorsque Curtis retourna à New York et eut des ennuis avec un critique. Comme toujours, il se tourna vers Hodge pour lui demander son aide. « Lorsque vous avez reçu le manuscrit du volume 9 », écrivit-il le 3 février, « je me souviens que vous m'avez écrit une lettre dans laquelle vous exprimiez votre satisfaction devant le matériel apporté, plus tard vous avez fait la même remarque lorsque nous en avons parlé.

» Pour une raison quelconque, M. Pegram [peut-être un des directeurs de la North American Indian, Inc.] s'est mis dans la tête que je n'ai pas maintenu la qualité de ce volume à la hauteur des autres. Si ce n'est pas trop vous demander, pourriez-vous essayer de vous souvenir de la date approximative à laquelle ce matériel vous est parvenu et m'envoyer une note [...] exprimant votre opinion là-dessus ?

» Par ailleurs, j'ai reçu votre lettre du 15 janvier, accusant réception du manuscrit

Poupées kachinas – Hopi. Parmi les principales divinités hopis, les Kachinas sont des êtres surnaturels, anthropomorphiques, habitant le monde aquatique sous-terrain. Les premiers Kachinas étaient des êtres visibles mais, comme on ne les a pas traités avec considération, ils devinrent invisibles. Ils sont représentés par des danseurs masqués.

Un visiteur – Hopi. Au premier regard les traits dominants du caractère hopi sont l'amabilité et un tempérament souriant. Abusez de cette affabilité et vous vous heurterez à une froide réserve, une désapprobation mal dissimulée ou à un ressentiment déclaré.

du volume 10. Pourriez-vous le parcourir, si ce n'est déjà fait, et m'envoyer une deuxième note pour me dire ce que vous en pensez ? Bien sûr, le contenu du présent volume est tout à fait exceptionnel et cela laisse beaucoup de latitude aux commentaires. Je suis particulièrement désireux, en ce moment, de convaincre Pegram que l'ouvrage gagne en force plutôt qu'il n'en perd et, si vous pouvez m'y aider, je l'apprécierai beaucoup. Ma réunion annuelle est pour mardi prochain et j'en ai donc besoin très vite. »

Hodge s'exécuta par retour du courrier – en partie. « La lettre couvrant le volume 9 est exactement ce que je veux, répondit Curtis. Mais vous avez négligé ma requête concernant une note couvrant le matériel le plus récent, le manuscrit du volume 10. Celui-ci étant d'un genre très inhabituel, il vous donnera la possibilité d'exprimer votre enthousiasme. Pouvez-vous m'envoyer de suite quelques mots à ce sujet afin que je les aie pour mardi ? »

L'agacement éprouvé par Curtis à l'égard de ce critique fut compensé, une

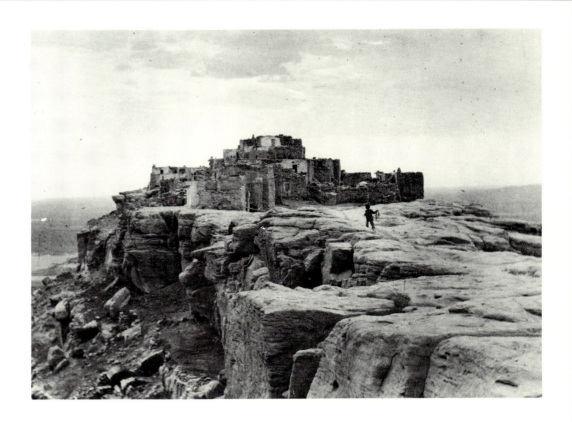

Walpi. La pittoresque Walpi, perchée à la pointe d'un îlot rocheux dans une mer de sable est une demeure communautaire pleine de coins et de recoins, construite sans plan, agrandie au hasard des besoins ; elle constitue cependant un ensemble artistique satisfaisant.

Chef-d'œuvre de l'art Washo. Cet exemplaire remarquable de vannerie tressée fut réalisé par Datsolali, une vieille femme résidant à Carson. Son travail a rarement été égalé en ce qui concerne la finesse et la régularité du tressage, la perfection de la symétrie, la douceur et l'harmonie du fond de couleur paille et des motifs noirs et marrons.

quinzaine de jours plus tard, par « un petit extrait du *Collective Blue Book* ». Il semblait glousser de joie comme un écolier ayant pris son maître en défaut lorsqu'il écrivit à Hodge, le 17 février : « Cet article n'aurait rien de remarquable si ce n'était le nom : Dr Hallock et l'université de Harvard. Mon Dieu ! Mon Dieu ! La presse le lui a-t-elle attribué ou bien le docteur s'est-il mis à boire et a fait un rêve ? Si le Dr Holmes ne l'a pas vu, j'aimerais beaucoup que vous le lui fassiez parvenir mais sans mon commentaire irrévérencieux... »

L'article qui avait choqué Curtis disait : « L'Amérique du Nord serait la terre biblique de Nod dont la première ville, fondée par Caïn, fils d'Adam, serait située dans la région du lac Klamath dans le sud de l'Oregon. Telle est la nouvelle sensationnelle annoncée par Charles Hallock, Ph. D., l'archéologue, qu'il a récemment déposée aux archives du Peabody Museum de l'université de Harvard. Le Dr Hallock a fait des recherches approfondies dans la région de Klamath et a trouvé les traces d'une grande et ancienne civilisation autrefois florissante. »

Avec le volume 10 en route pour l'impression et alors que Curtis se préparait à nouveau à partir pour la Colombie-Britannique, la justice divine semble avoir œuvré en sa faveur, sans que nous sachions à quel fait précis il fait allusion. « Je commence à croire que Dixon finira par apprendre ce qui se prépare contre lui », écrivit-il à Hodge le 1er avril 1914. « Je suis plutôt satisfait de m'être retenu d'agir contre lui. En fait, je pense qu'il est préférable de laisser les autres tuer vos ennemis.

» J'ai été malade pendant une quinzaine de jours et, si tout va bien, j'espère être à Washington lundi qui vient. Je veux aller voir et présenter mes respects au ministre Lane et à son nouvel adjoint... »

Apparemment, l'éloignement de la Colombie-Britannique donnait des inquiétudes à Curtis sur la façon dont Hodge faisait sa part de travail. Il lui écrivit de Port Hardy, le 20 juin, comme bien des fois déjà auparavant : « Myers et moi nous demandons comment avance votre travail sur le manuscrit. J'espère que vous l'avez pratiquement terminé. Faites-nous-le savoir. Il vaut mieux écrire à l'adresse du Studio Curtis, Seattle, étant donné que je ne sais pas combien de temps nous resterons à cette adresse-ci...

» Nos activités ici sont telles qu'on devrait les qualifier de labeur plutôt que de travail mais tout va à peu près bien. »

Il semblerait que ce soit au cours de cette nouvelle visite en Colombie-Britannique, que Curtis découvrit « la pluie » et « le pluie ». Ayant mouillé son bateau à l'abri dans Port Hardy, à l'entrée du passage entre l'île de Vancouver et le continent, Curtis traversa l'île à pied, par mauvais temps, pour rendre visite à un certain sage de la

EN HAUT À GAUCHE : *Porteur d'obsidienne, Danse de la Peau de Daim Blanche – Hupa.* La Danse de la Peau de Daim Blanche avait un caractère spectaculaire mais profondément religieux. À chaque extrémité de la rangée se tenait un homme brandissant une grande lame d'obsidienne rouge. Son bandeau était orné de neuf dents d'otarie, tournées vers l'extérieur, pointes recourbées vers le haut.

Bourses et argent hupas. Des dents enfilées en perles étaient l'étalon de valeur des Hupas. Les plus longues passaient pour valoir 5 dollars. Des objets aussi précieux devaient être mis en sûreté. Tout homme riche se faisait donc faire une magnifique bourse en creusant un trou oblong dans un morceau de bois d'élan de 15 à 18 centimètres de long.

EN HAUT À DROITE : *Mère et enfant hupas.* Les berceaux étaient ajourés et ressemblaient à un bateau à la poupe surélevée (le pied du berceau) et à la proue effilée, dont l'extrémité aurait été coupée net et dont le plat-bord, intact, formerait l'anse au-dessus de la tête du bébé.

tribu des Koskimos, sur la côte Ouest. Il était accompagné de Myers, Hunt et Schwinke, chacun d'eux portant comme lui un sac à dos de 25 kilos.

« Nous voyagions léger, avec peu de nourriture, peu d'ustensiles de cuisine, quelques couvertures et l'indispensable appareil photo ainsi que les films », écrivit Curtis, nous laissant imaginer ce qu'il pouvait considérer comme un fardeau acceptable.

« La piste, à travers la forêt épaisse, semblable à une jungle, était difficile et très boueuse. Les creux du terrain étaient pleins d'eau qui nous arrivait aux chevilles et parfois aux hanches. Il pleuvait. C'était une pluie "féminine" caractéristique du Pacifique nord, qui tombe en automne, en hiver et au printemps. Dans cette région, les Indiens donnent un sexe à la pluie. Une pluie "féminine" est douce, caressante, tenace, persistante mais une pluie "masculine" est tout le contraire sauf en ce qui concerne la durée. »

Les trois hommes pataugeaient sous la pluie "féminine", les kilomètres s'étiraient. Ils avaient l'impression d'être « chaussés de bottes de plomb ». « Certains jours sont plus longs que d'autres et celui-ci faisait partie des plus longs. Trébuchant et tombant dans l'obscurité détrempée, nous découvrîmes une cabane de pêcheurs au bord de l'eau.

» Certes, elle n'avait rien d'un palais ; en fait, l'intérieur était infesté de puces, sale et nauséabond, mais nous ne pouvions pas faire les difficiles. C'était au moins un endroit où nous pouvions poser nos lourds sacs et installer nos corps fourbus. Au centre du toit, il y avait un trou pour l'évacuation de la fumée. Nous allumâmes un feu au-dessous et, bientôt, nos vêtements trempés dégagèrent un nuage de vapeur. »

Au matin, il pleuvait toujours. « Nous avons trouvé un vieil esquif délabré et, en quelques heures de travail, en avons rebouché les trous. Certains d'entre nous écopaient, les autres ramaient. Bientôt, la pluie changea de sexe. Les dieux météorologiques ouvrirent les vannes et nous donnèrent une pluie "masculine". En fait, je crois qu'elle était trop virile. Jaugeant la pluie, le vent, et notre esquif qui prenait l'eau, nous nous sommes dirigés vers le rivage pour nous abriter. Mais le seul abri que nous avons trouvé était un grand cèdre aux branches basses et touffues.

» Nous nous serrâmes autour de son tronc durant vingt-quatre heures. Une cataracte tombait des branches basses [...] notre toit [...] nous empêchait tout juste d'être noyés sous le déluge. J'avais peur que l'eau ne s'infiltre dans les toiles cirées enveloppant l'appareil photo et les carnets de notes. »

La pluie changea à nouveau de sexe et, finalement, s'arrêta. Plus tard, vérifiant auprès de la station météorologique gouvernementale, Curtis apprit que durant chacune de ces vingt-quatre heures passées sous l'arbre, il était tombé plus de 2,5 centimètres d'eau – en tout 56 centimètres.

« Je me suis trouvé sous des orages dans le désert, où la quantité d'eau par minute était plus grande mais ce sont les vingt-quatre heures les plus humides que j'aie jamais connues. »

TARD DANS l'année, le film de Curtis, *Le Pays des chasseurs de têtes*, sortit. Parmi ceux qui assistaient à la première à New York, se trouvait Francis W. Kelsey, l'homme de Ann Arbor à qui Curtis, affligé, avait écrit au début de 1912 qu'il allait devoir annuler sa tournée.

« Je dois vous dire à quel point j'ai apprécié votre film », lui écrivit Kelsey le 8 décembre 1914. « Il ouvre un monde nouveau ; c'est une création merveilleuse, aussi remarquable par la beauté de sa mise en scène que par la conception poétique qui la sous-tend ainsi que par l'intérêt dramatique et la rapidité du mouvement, rarement réunis dans une telle production... »

Curtis expédia la lettre de Kelsey à Hodge, à Washington, avec un commentaire maussade, disant seulement que la projection du film « présentait des problèmes » – lesquels, il ne le précise pas. Quoi qu'il en fût, il se sentit peut-être mieux après une autre confirmation du succès artistique du film qui venait du Musée américain d'histoire naturelle. « Samedi dernier, j'ai eu le plaisir d'assister à une représentation de votre film, *Le Pays des chasseurs de têtes*, écrivit Alanson Skinner, conservateur adjoint. « De toute ma vie, je n'ai vu quelque chose qui décrive si bien et d'une façon aussi belle la vie de nos Indiens d'Amérique. Le décor, les costumes, les incidents étaient tous justes d'un point de vue ethnologique et l'intérêt dramatique de l'histoire était bien soutenu. Je pense que vous avez parfaitement réussi à donner vie à l'ethnologie et à lui donner une forme artistique. Acceptez, je vous prie, mes chaleureuses félicitations. »

L'année 1915 débuta mal avec un retard chez les imprimeurs. Curtis les secoua avec impatience, leur demandant quand le relieur pourrait prendre possession du matériel. Il envoya leur réponse à Hodge, le responsable apparent du retard.

« Nous n'avançons pas rapidement parce que nous n'arrivons pas à nous faire retourner les épreuves finales », expliqua l'imprimeur à Curtis. « Jusqu'à présent, je n'ai pas osé mettre sous presse avant de les recevoir. Cependant, suite à votre lettre, je vais prendre le taureau par les cornes et commencer l'impression en espérant qu'il n'y aura pas d'autres changements. Il serait bon que vous demandiez au Dr Hodge de nous expédier toutes les épreuves immédiatement... »

Curtis ajouta son propre commentaire à la lettre. « S'il est possible d'accélérer les choses, faites-le, je vous en prie. Cela traîne tellement que ça s'avère extrêmement éprouvant sur le plan financier... »

Quatre jours plus tard, le 3 mars 1915, il se montrait plus conciliant. « Je suppose que le principal retard dans les épreuves est dû aux trois ou quatre lots qui se perdirent dans le courrier. Je ne faisais en aucun cas des récriminations... »

Curtis ne se manifesta pas pendant plus d'un an. Ce silence, inexpliqué, prit fin lorsqu'il écrivit à Hodge de New York, fin mai 1916, et lui envoya un manuscrit qu'on lui avait demandé de corriger pour un éditeur. Il l'expédiait à son tour à Hodge avec ce commentaire : « Il me semble que c'est d'une piètre qualité. »

L'argent manquant de façon chronique, l'agitation fut à son comble lorsque, quelques jours avant Noël 1916, Hodge eut l'occasion d'ajouter 1000 dollars inattendus dans les caisses du *North American Indian*.

Le Dr Hrdlicka, conservateur du National Museum de Washington, D. C., fit parvenir à Hodge un câble du directeur du Musée ethnologique royal de Stockholm, lui demandant « d'acquérir et d'envoyer par le premier paquebot scandinave une sélection de cent sténogrammes de chants des Indiens d'Amérique ». Il ajoutait qu'il envoyait 1 000 dollars pour le paiement le jour même.

Hodge expédia la requête immédiatement à Curtis, au bureau du *North American Indian*, à New York. « Veuillez me faire savoir tout de suite ce que vous pouvez faire, écrivait Hodge. J'ai pensé que vous pouviez céder quelques-uns des enregistrements faits sur le terrain qui ont déjà été transcrits et publiés. »

Cependant, Curtis était dans le Sud-Ouest. Lewis Albert, son secrétaire, répondit : « Je lui ai télégraphié l'information contenue dans votre lettre... »

Curtis contacta directement Hodge depuis Bouse, dans l'Arizona. « Cette affaire arrive à un moment où il est difficile de s'en occuper. Myers est ici, avec moi, et les enregistrements sont encore à Seattle. Afin de les fournir et de les envoyer en état, il serait nécessaire d'examiner la collection, d'écouter les différents enregistrements, de faire une sélection et de les cataloguer. Comme vous voyez, il est hors de question que nous le fassions dans des délais courts. »

» Si vous les voulez toujours, écrivez-moi à Bouse, Arizona, en me donnant le plus

À GAUCHE : Florence Curtis et deux guides indiens lors du départ d'une expédition sur la rivière Klamath, en été 1923.

À DROITE : Florence Curtis au camp près d'Ukiah, Californie, été 1923.

de détails possible. Ensuite, je me ferai expédier les enregistrements ; nous pourrons alors faire une sélection et vous l'envoyer. Il est probable cependant qu'à Washington vous pourrez trouver ce qu'il vous faut et le faire partir dans un délai plus court. »

EN 1920, le ciel tomba sur la tête de Curtis. Les problèmes familiaux, qui l'avaient préoccupé pendant des années, arrivèrent à leur paroxysme lorsque sa femme divorça et que la cour, avec un sens de la justice qui paraît énigmatique, attribua à cette dernière virtuellement tout ce que Curtis possédait, à part les chaussures qu'il avait aux pieds. Cela comprenait ses précieux négatifs – l'œuvre de sa vie. Le fait que ceux-ci appartenaient légalement à la société du North American Indian ne fit pas hésiter le juge ; et Curtis était trop pauvre pour se défendre.

Consterné, il déménagea à Los Angeles et redémarra, aidé de sa fille Beth qui resta auprès de lui, gérant le nouveau studio qu'il ouvrit sur le South Rampart Boulevard.

Tant bien que mal, en dépit de la guerre, de la pauvreté, de la maladie – l'épidémie de grippe espagnole de 1918 –, de la rupture de son foyer avec ses séquelles et de terribles crises de dépression, Curtis poursuivit son travail avec obstination, décidé à achever le *North American Indian*.

S'il ressentait de l'amertume vis-à-vis de sa femme, il ne le montrait pas. « Papa n'a jamais dit un mot méchant contre elle », dit sa fille Florence.

Curtis, homme raisonnable, aurait certainement été d'accord avec Angus McMillan, qui l'avait un peu connu à Seattle – un peu parce qu'il « n'était jamais là » –, mais qui se lia d'amitié avec lui plus tard à Los Angeles. « Il rentrait à la maison une ou deux fois par an, écrivit McMillan. Avec tout le respect dû à Dad », remarqua-t-il en l'appelant par le nom qu'utilisaient maintenant sa famille et ses proches amis, « je ne peux pas imaginer de femme qui aurait accepté cela très longtemps ».

Le volume 12, présentant ses années de travail parmi les Hopis de l'Arizona,

À GAUCHE : *Enfant klamath.* Le nom des enfants leur était attribué d'après un trait visible ou une caractéristique particulière et ils conservaient ce nom toute leur vie. Exemples de noms masculins : « Mal de Gorge », « Grande Bouche », et « Cheveux Brûlés » (c'est-à-dire crépus).

À DROITE : *Femme hupa en costume traditionnel.* Voici un excellent exemple de costume de gala des femmes hupas. La jupe en daim entoure les hanches, les extrémités se rejoignant à l'avant, et l'ouverture est recouverte d'un vêtement similaire. Ces deux vêtements ont des franges et sont brodés de perles. Les cordons du tablier sont ornés d'écailles de pommes de pin.

parut en 1922 ; et au début de l'année suivante, Curtis écrivit à Hodge de la récente « Maison des Indiens de Curtis » de Los Angeles, au sujet de « sa saison de travail ». Cela sonnait comme au bon vieux temps : « J'ai terminé les photos pour deux volumes traitant du nord de la Californie et du sud de l'Oregon », écrivit Curtis le 17 février. « Les images se rattachant au volume du Nord sont parties pour Boston et tout le texte est prêt. Le deuxième volume de la série sera publié dès que nous en aurons terminé avec le premier.

» J'espère pouvoir me rendre au campement assez longtemps pour finir les photographies d'un ou deux volumes durant l'été qui vient. »

En fait, Curtis réussit à rejoindre le campement au début de la saison chaude, travaillant dans le nord de la Californie et, durant deux mois, son séjour fut agrémenté par la présence de sa fille Florence. C'était la première occasion qu'elle avait d'apprendre à connaître son père depuis de nombreuses années. La dernière fois qu'elle l'avait accompagné sur le terrain, elle avait six ans. C'était au canyon de Chelly, en Arizona et ce séjour mémorable s'était terminé par une fuite devant les Indiens.

« En dépit de sa carrure et de son courage, c'était un homme doux et sensible et un compagnon merveilleux, écrivit Florence. Il avait de vastes connaissances sur la nature dans laquelle il avait vécu de si nombreux mois chaque année et il entretenait des liens privilégiés avec elle. Il connaissait les arbres, les animaux, les oiseaux et les fleurs. Camper avec lui était une expérience inoubliable. »

Son père semblait tout voir sous forme d'images – ainsi qu'elle s'en rendit compte un soir où elle avait choisi un emplacement pour la tente. « Pas là, là-bas », dit-il en indiquant un endroit quelques pas plus loin. Lorsque la tente fut dressée, Florence, intriguée, demanda : « Quelle est la différence entre cet endroit et celui que j'avais choisi ?

– Celui-ci, ma chérie, donne une meilleure photo », lui expliqua son père.

Myers avait déjà rassemblé des informations dans le secteur et Curtis les complétait à présent avec des photos. « C'était intéressant de le regarder travailler, écrivit Florence. Il était amical avec les Indiens mais jamais familier. Ils semblaient instinctivement percevoir sa sincérité. »

Il n'y avait pas de tente studio cet été-là. Il s'en était dispensé, comme d'une fantaisie inutile pour charger le coupé Chevrolet dans lequel Florence et lui voya-

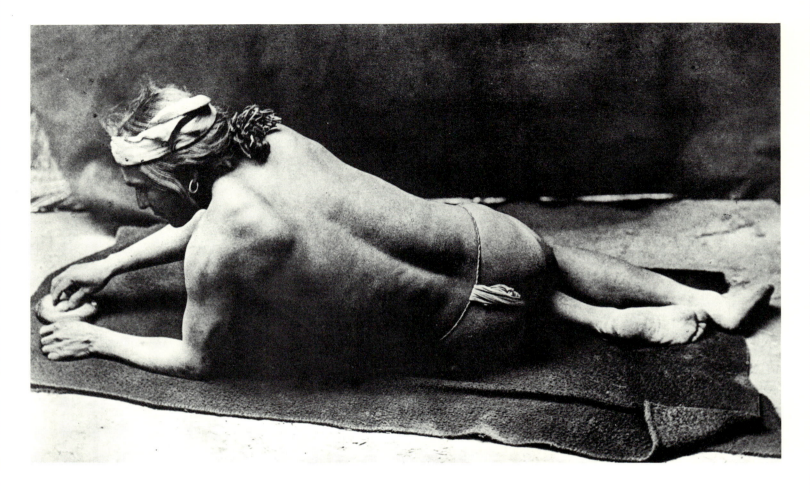

Préparation d'un remède – Zuni. Le remède composé de plantes médicinales et de pigments minéraux est broyé dans un petit mortier avec un galet usé par l'eau.

geaient de choses plus utiles – leur tente, les lits, la nourriture, les réserves, le poêle Coleman, les appareils photo et les pellicules.

« Il travaillait vite, observa Florence. Il était adroit et sûr de lui – exempt de sa nervosité habituelle. En quelques minutes, tout était terminé. Il travaillait la journée entière. S'il n'y avait pas de soleil, il prenait tout de même des photos. »

Puis vint une journée sombre et couverte ; la brume montait de la mer et tombait des nuages et il semblait impossible qu'il pût continuer. « Je me demandais comment Père pourrait prendre des photos ce jour-là, rapporte Florence, mais il le fit. »

Il trouva une jeune fille de la tribu de Smith River et la fit poser sur un éperon dominant l'océan. En deux ou trois poses rapides, il obtint des photographies ne trahissant pas qu'elles avaient été prises dans des conditions évoquant l'utilisation de techniques sous-marines. Plus d'un demi-siècle après, son petit chapeau d'osier enfoncé sur la tête et vêtue de ses plus beaux atours, la jeune fille regarde toujours de biais vers le large, souriant, intimidée d'être ainsi le centre d'attention. (Voir photographie page 101.)

Au terme de cette journée, Florence fut impressionnée par un autre des talents paternels : ses qualités de cuisinier, cultivées peut-être pour sublimer le souvenir des pommes de terre bouillies et des cuisses de rat musqué de son enfance. Elle se souvenait qu'au canyon de Chelly, il leur avait servi du pain de squaw, du maïs grillé sur charbon de bois et des côtes de chevreau rôties sur les braises d'un feu de camp. Il avait progressé depuis.

« Il s'était fait une réputation d'expert, dans tout l'Est ainsi que dans l'Ouest, pour ses assaisonnements de salade au roquefort et, lorsqu'il venait dîner dans la famille de Teddy Roosevelt, c'était toujours lui qui faisait la sauce au roquefort. »

Mais ses dons culinaires allaient au-delà. « Il était expert dans la préparation du saumon, se souvient Florence. Il insistait pour qu'il soit coupé horizontalement, laissant la peau intacte, pour ne pas perdre le jus. Papa était un as pour faire de délicieuses omelettes au fromage sur notre petit poêle Coleman, accompagnées de toasts grillés. Il était très exigeant sur la cuisson des légumes afin de préserver leur saveur. J'ai appris à pocher les poires avec lui et sa compote de pommes devait être cuite à point sinon, disait-il, elle ne valait pas la peine d'être mangée.

» Il était aussi perfectionniste que lorsqu'il prenait des photos. »

À GAUCHE : *Aiyowits!a – Cochiti*. Carolina Quintana, la plus vive d'esprit des indiennes rencontrées en plus de vingt ans sur le terrain est un exemple frappant de ce qu'une femme pueblo peut devenir avec un peu d'instruction et d'apprentissage des méthodes modernes de travaux ménagers.

À DROITE : *Tsi'yone (« Volant »)* – *Sia*. Un des deux meilleurs potiers de Sia, pueblo connu pour l'excellence de ses terres cuites. Une poterie de la taille de celle montrée sur la photo lui rapporte la modeste somme de dix dollars.

EN DÉPIT de tous ses ennuis, Curtis ne perdit pas, au fil des années, son goût pour la précision. Fin 1924, il répondit à Hodge sur une demande d'information ayant trait aux « cérémonies indiennes dans le Sud-Ouest et à certains de leurs aspects pouvant paraître choquants. Une étude approfondie dans la région du Rio Grande montre qu'il existe incontestablement des cérémonies qui ont, en partie ou en totalité, un côté obscène », écrivit-il le 28 novembre. « Ainsi que nous le savons tous, l'éducation et le contact avec la civilisation ont une forte tendance à éliminer de telles cérémonies. Malheureusement, Collier [John Collier, secrétaire de l'American Indian Defense League et plus tard commissaire aux Affaires indiennes], dans son ignorance complète du sujet et son désir de le présenter sous un angle tel qu'il attire le soutien populaire, a beaucoup fait pour encourager la renaissance des cérémonies les plus contestables.

» Étant donné que je dois bientôt venir à New York, je ne vais pas m'étendre sur ce sujet – il est trop long et trop complexe pour pouvoir être exposé dans une lettre d'une longueur raisonnable. Naturellement, dans le *North American Indian*, nous n'allons pas traiter ce sujet sous forme de propagande ; nous mentionnerons ces cérémonies de la façon dont elles doivent être abordées dans l'ouvrage...

» Au cours de la saison nous avons, je pense, rassemblé une quantité importante d'informations concernant leurs rites – en particulier au pueblo de Santo Domingo [Nouveau-Mexique] qui, comme vous le savez, est le foyer de toutes les anciennes cérémonies ; Santo Domingo fournit également le comité d'exécution chargé de punir tous les coupables, quel que soit le village en question. C'est un groupe d'hommes de Santo Domingo qui s'est débarrassé de l'homme qui en avait trop dit à Mme Stevenson. »

Dans le volume 17 du *North American Indian*, Curtis s'étend assez longuement sur la réticence des Indiens pueblos à parler de leurs cérémonies religieuses. « La plupart des Indiens répugnent à livrer leurs croyances religieuses, c'est certain, écrit-il. Néanmoins, avec du tact et de la patience, le chercheur peut, en général, obtenir l'information désirée. Cependant, sur le Rio Grande, on rencontre une opposition organisée si forte à la divulgation d'informations qu'à Santo Domingo, le plus réfractaire de tous les pueblos, des proclamations ont été faites contre toute communication de renseignements aux Blancs, et plus d'un prêtre pueblo s'est vengé en faisant exécuter ceux qui avaient eu la témérité de transgresser la loi tribale. »

L'Indien qui fut exécuté appartenait au pueblo de San Ildefonso. Vers 1913, il donna à Mme Matilda Coxe Stevenson, ethnologue, des informations sur le Culte du Serpent chez les Pueblos Tewas mentionnant en particulier les sacrifices humains. Mme Stevenson publia ces révélations dans un journal au Nouveau-Mexique et son informateur fut exécuté sur-le-champ.

AU PRINTEMPS 1926, avec deux volumes restant à faire, et alors qu'il se préparait à commencer le travail sur le terrain en Oklahoma, Curtis fut secoué en apprenant que Myers, son fidèle soutien depuis 1906, ne viendrait pas avec lui.

« Une occasion s'est offerte de gagner beaucoup d'argent d'ici deux à trois ans – une transaction immobilière », expliqua Myers par courrier. « C'est le genre d'opportunité qui se produit rarement et je deviens trop vieux pour la négliger dans l'espoir qu'une autre se présentera lorsque le travail sur les Indiens sera terminé...

» La volonté de terminer le travail, poursuivait Myers, a été le motif pour lequel je m'y suis tenu ces dernières années, avec un salaire médiocre par les temps qui courent, et seule une aubaine inespérée aurait pu me pousser à lâcher le manche de la charrue... »

Faisant part de ce nouveau problème à Hodge, Curtis ajoutait : « Reprenant une suggestion de Myers en ce qui vous concerne, il me semble que vous pourriez prendre un congé de quatre à six semaines. Venez me rejoindre en Oklahoma [...]. Du point de vue du *North American Indian*, ce serait la meilleure solution possible... »

Hodge partageait le sentiment d'urgence de Curtis mais y réagissait avec philosophie. « La nouvelle dont vous me faites part concernant Myers est en effet une grande déception. Bien sûr, nous devrons accepter comme seule consolation les motifs qu'il donne et qui représentent pour lui une occasion unique, même en Californie. Pourtant, je regrette que cette opportunité n'ait pas pu être différée jusqu'à ce qu'il ait terminé l'excellent travail qu'il faisait pour les volumes.

» Mais tout n'est pas désespéré car, en premier lieu, vous dites que rien ne presse (et je le pense aussi). De plus, Myers pourra peut-être se dégager assez longtemps de ses nouvelles obligations pour aller en Oklahoma et achever le travail avec vous.

» J'aimerais y aller moi-même, par égard pour vous, mais c'est hors de question car je suis si débordé ici que je ne sais plus où donner de la tête...

» Tenez-moi au courant. Je suis très triste que Myers soit obligé de partir juste maintenant mais, bien sûr, personne ne peut lui en vouloir de saisir une occasion en or. »

Au bout d'un mois environ, Hodge trouva un remplaçant pour Myers et il télégraphia la nouvelle à Curtis le 19 mai 1926. « M. S.C. Eastwood, de Brandon, Vermont, accepte de vous assister sur le terrain et de prendre des notes. Diplômé de l'université de Pennsylvanie en 1924, il est recommandé par le Pr Speck et ses assistants. Il a suivi le cursus d'anthropologie et connaît votre ouvrage... »

Stewart Eastwood combla la brèche laissée par Myers et les plans de Curtis allèrent de l'avant. À la fin de l'été, après le travail en Oklahoma, il écrivit à Hodge de Los Angeles qu'il pensait « avoir la matière pour un bon volume. Eastwood est avec moi et s'installera près d'ici pendant que nous mettrons le texte au point. En raison du manque de connaissances d'Eastwood et de son manque d'expérience, je me chargerai de la partie la plus longue du travail, soit la retranscription des notes [...]. Pendant que je travaille [...] Eastwood peut taper son glossaire à la machine... »

Ils ne « perdraient pas de temps afin de finir le texte », poursuivait Curtis et il suggéra que Hodge « soit l'unique correcteur » afin de ne perdre ni temps ni argent.

« Quant au travail de l'année prochaine, je crois que Myers pense se joindre à nous. Qu'il le fasse ou non m'est indifférent. Je serais tout à fait heureux de faire le

EN HAUT : *Séchage de poteries*. Tous les récipients de cuisine, les plats et les cruches à eau sont en poterie.

EN BAS : *Potiers à Santa Clara*. Seule une expérience considérable permet de cuire la poterie avec succès. Les récipients et le combustible de bouse séchée qui les entoure doivent être placés d'une certaine façon, le contrôle du feu doit être tel que tout en permettant une combustion parfaite, la montée en température ne se fasse pas trop vite. Des pots craqués et noircis sont le résultat de l'inexpérience et de la négligence.

Tipi chipewyan parmi les trembles. Les Chipewyans font partie de plusieurs groupes athapascans, occupant le territoire entre la baie d'Hudson et les Rocheuses, environ depuis le 57ᵉ parallèle jusqu'au cercle arctique. Une grande partie de ce territoire est désertique mais les ruisseaux qui alimentent et drainent les innombrables lacs sont bordés d'épais bosquets de trembles aux troncs blancs et graciles. Les pêcheurs et les ramasseurs de baies aiment dresser leurs camps dans ces clairières. L'habitation chipewyan, autrefois faite de peaux de caribou – animal dont ils dépendaient principalement pour la nourriture et les vêtements –, était un des rares points par lequel leur culture ressemblait à celle des Indiens des plaines.

travail avec Eastwood comme assistant [...]. Il [...] a une bonne oreille en phonétique et s'est montré particulièrement compétent dans le travail sur le vocabulaire... »

Un mois après, le 17 novembre, Curtis écrivit joyeusement : « Nous avançons bien avec le texte et nous travaillons comme deux castors mais avec un seul arbre à couper.

» Eastwood fait des progrès. Nous nous sommes fixé février comme limite mais il se peut que nous n'y parvenions pas tout à fait. Je pense maintenant au contenu du volume 20. Voici ma suggestion : que nous le fassions porter sur les Esquimaux et une ou deux tribus du nord-ouest de l'Alaska, y compris les indigènes de Yakutat... »

C'est alors qu'Eastwood fit une erreur sur une copie destinée à Hodge qui la lui renvoya, avec une lettre sévère, ce qui eut pour conséquence une réponse exaspérée de Curtis. « Vous êtes un bon éditeur mais certainement un piètre diplomate », gronda Curtis dans une lettre du 11 mai 1927. « Il peut paraître nécessaire de manier la trique – cependant, il est sans doute préférable d'en atténuer les coups. Il a fallu beaucoup d'à-propos et de persuasion pour empêcher le garçon de partir. S'il le faisait maintenant, cela ferait couler le bateau. Le bureau s'attend que nous finissions le volume 20 cette année, et il est hors de question de trouver quelqu'un d'autre maintenant.

» Le manuscrit est ici. Nous avons si peu de temps avant de partir que nous le laisserons de côté et le reprendrons à notre retour [...]. La prochaine fois que vous

Cuisinières blackfeet. Les prairies dans le sud de l'Alberta étaient dominées par trois tribus algonquines alliées – les Blackfeets, les Bloods et les Piegans qui formaient ce que l'on désigne communément sous le nom de confédération blackfoot.

serez enclin à vous servir du bâton, adressez-vous à moi. C'est à moi, et non à Eastwood, de supporter les coups.

» Je pars d'ici le 25. Le paquebot *Victoria* quitte Seattle le 2 juin. Nous allons directement à Nome et, de là, nous prendrons un bateau du coin pour Kotzebue. Notre adresse, pour la première moitié de l'été, sera Nome. »

Hodge répondit environ une semaine plus tard : « J'ai votre lettre du 11 sous les yeux », commençait-il froidement. « Ne vous méprenez, ni l'un ni l'autre, sur le sens de mes critiques. Il sera trop tard lorsque le livre sera paru, alors, si quelqu'un a des reproches à faire, que ce soit maintenant, pendant qu'il en est encore temps...

» Il n'y a aucune raison d'être susceptible dans ce genre de travail. Le manuscrit est bon ou mauvais et, s'il est mauvais, il doit être corrigé. J'ai suffisamment confiance en Eastwood pour savoir qu'il est capable de très bien travailler.

» J'espère que vous ferez tous deux un voyage agréable et couronné de succès », terminait-il brusquement. « Sincèrement vôtre, Hodge. »

Ce fut un succès, et sans doute aussi un plaisir, d'une façon particulière et féconde, pour l'amoureux de l'aventure qu'était Curtis.

Durant six semaines, écumant les eaux au sud de Nome dans un bateau de 12 mètres, le *Jewel Guard* (décrit par Curtis comme « une embarcation idéale pour la

Femme blackfoot. Dans la presse populaire, le nom des Blackfeet ou des Piegans était continuellement associé au massacre, à l'outrage et à la traîtrise. Cependant, cette réputation n'était pas justifiée. La « civilisation » était entièrement responsable de la consommation d'alcool chez les Indiens, cause directe des délits dont ils étaient coupables. Les meurtres qu'ils ont commis étaient le prix que nous devions payer pour les avoir corrompus.

chasse au rat musqué dans les marais mais certainement pas construit pour affronter les tempêtes dans l'océan Arctique »), afin de visiter les indigènes des côtes de l'Alaska et ceux de l'île de Ninuvak, Curtis et son équipage furent, semble-t-il, en lutte constante avec la mer. Sa fille Beth, dans son journal de bord, parle de vagues énormes déferlant sur le pont, d'embâcles, d'icebergs, de brouillard, de vent, de pluie et de froid, de baromètres qui chutent et de courses pour trouver un abri.

« Les vagues sont dix fois plus hautes que notre bateau et nous embarquons beaucoup d'eau », écrivit Beth un jour. « Nous mouillons l'ancre à un endroit où nous sommes quelque peu à l'abri mais la tempête continue et la pluie tombe en trombe. »

Voici ce que cela donnait dans la nuit du 5 juillet 1927 : « Nous n'allons pas nous coucher et le canot est avitaillé pour parer à toute urgence. L'embâcle est très épais. Papa dit que si nous sommes pris dans cet immense bloc de glace et entraînés vers le nord, notre situation sera désespérée ; une fois pris notre bateau serait broyé. Le baromètre chute [...]. Les vagues déferlent sur le pont et tout est trempé [...]. Nous faisons demi-tour, fuyant comme lièvre apeuré, selon Papa. »

Dans une brume épaisse, ils s'échouèrent sur un haut-fond et le moteur cala. L'arrêt brusque fut suivi par l'arrivée d'une énorme vague déferlante qui s'écrasa sur le pont, manquant de balayer presque tout le monde par-dessus bord. « La marée descendante nous laissa solidement échoués sur le fond de la mer de Béring [...] à 20 milles de la côte. »

Tout cela, cependant, n'était qu'un doux prologue de ce qui attendait Curtis dans le détroit de Béring et l'océan Arctique, plus au nord. En le quittant à Nome pour rentrer à la maison, Beth avait du mal à se contrôler. « J'avais si peur de ne jamais le revoir », écrivit-elle.

Durant les semaines qui suivirent, Curtis aurait souvent été d'accord avec Beth. Pour la première fois, peut-être sous son influence, il tint un journal de bord. « Comment j'ai réussi à tenir ce journal de bord malgré toute la tension échappe maintenant à ma compréhension », écrivit-il à Mlle Leitch en 1948, lui décrivant comment il l'avait retrouvé « alors qu'il farfouillait dans un grand carton de vieux manuscrits. Franchement, poursuivit-il, sa lecture me donna des frissons et je m'émerveillais d'avoir eu la force et l'endurance, à un moment de ma vie, d'accomplir un tel travail ». Dans une de ses premières notes, Curtis rapporta que la vieille blessure reçue au cours de la pêche à la baleine se réveillait. « Ma hanche me fait mal. Lorsque le temps n'est pas trop mauvais, je peux m'asseoir à la barre et aussi faire la cuisine assis. De mon siège, je peux atteindre le poêle, le plat, le placard à vivres et la table. Ainsi, je prépare souvent un repas, le sers et fais la vaisselle sans avoir à me mettre debout. Je me ménage autant que possible et je rends grâce au ciel que ce soit le dernier volume du Grand Livre. »

Lorsqu'ils croisèrent leur premier bateau, Curtis nota : « C'est un exemple frappant de la faiblesse du trafic dans la mer de Béring. Quelle longue attente, si l'on passait par-dessus bord, avant qu'un bateau ne vienne vous repêcher. »

À cette époque, le 7 août 1927, Curtis faisait route vers King Island, au milieu du détroit de Béring, au nord-ouest de Nome. L'île, un rocher battu par la tempête, émergeant brusquement de la mer, se trouvait directement sur la route empruntée par le troupeau de morses dans ses migrations saisonnières pour aller et venir de l'océan Arctique. Entre autres, Curtis voulait des photos des huttes, perchées de façon précaire sur des pilotis au pied de la falaise, où [vivaient] les indigènes

Beth Curtis en Alaska avec son père.

lorsqu'ils venaient chasser au printemps et en automne. Le reste du temps, ils vivaient à Nome. Curtis était accompagné de Stewart Eastwood et de Harry the Fish, le patron du bateau, qui se distinguait des autres marins en proclamant avec obstination qu'il détestait les femmes, l'alcool et le tabac.

Après King Island venait Petit Diomède, près de la Sibérie. Connue comme « le centre des tempêtes de l'univers » par les marins de la mer de Béring et de l'océan Arctique, de concert avec Grand Diomède, à 2 milles de là en eaux territoriales russes, l'île baignait dans un calme trompeur lorsque Curtis et son équipage jetèrent l'ancre. Eastwood et Arthur, l'interprète embarqué en route au cap du Prince de Galles, « partirent à la recherche d'un vieux sage pour obtenir des informations. Moi-même, accompagné de l'instituteur comme guide et informateur, je commençai à prendre des photos des habitations, des châssis pour le séchage des peaux puis à faire des portraits de tous les indigènes que l'instituteur parvenait à rassembler. Un dollar d'argent était un attrait puissant pour les vieux comme pour les jeunes.

» Puisque c'était une journée sans nuage, l'île de Grand Diomède semblait un bon sujet. Je changeai rapidement d'objectif pour une plus longue focale et, mon trépied planté en sol américain, je pris des photos d'une partie de la Sibérie. »

Le jour suivant, Diomède redevint elle-même ; une tempête surgit si rapidement de l'épais brouillard que le temps nous manqua pour chercher un mouillage plus sûr. « L'ancre laboura le fond pendant quelques secondes puis se prit dans un récif. La chaîne cassa comme une corde usée [...]. La tempête était sensée venir du nord-ouest. Celle-ci venait des quatre points cardinaux... »

Ils parvinrent à mettre le moteur en marche et, grâce à lui et à la dérive due à la tempête, réussirent à atteindre une petite crique où ils mouillèrent l'ancre restante. « Pendant quatre jours et quatre nuits, le bateau évita d'un bord à l'autre sur sa ligne

Village de King Island vu de la mer. Les habitants de King Island occupent des habitations dressées sur des pieux à flanc de falaise qui donnent à leur village une allure très pittoresque et inhabituelle. Au premier plan de la photographie se trouve le *Jewel Guard*, le bateau de 12,40 mètres dans lequel Curtis et son équipe naviguèrent durant six semaines dans les eaux tumultueuses au large de l'Alaska.

de mouillage. » Le rivage n'était distant que de 100 mètres mais invisible dans le brouillard. Le bateau roulait tellement qu'ils pouvaient à peine se tenir debout.

Au fil des heures, la tempête redoublait. « Lorsque notre bateau évite sur son ancre, il s'approche à 30 mètres des rochers. Nos vies dépendent de cette chaîne. Si elle casse, nous ferons naufrage en soixante secondes. Les vagues sont aussi hautes que le mât. »

Dominant le hurlement du vent et le grondement des vagues, un appel leur parvint de terre. Les indigènes, durant une déchirure dans le brouillard, leur firent signe de changer une nouvelle fois de mouillage, cette fois pour aller à l'abri de la pointe sud de l'île. C'est ce qu'ils firent bien que le bateau « roulât tellement que nous pouvions à peine nous tenir debout et le vent fût si fort qu'on devait lui tourner le dos pour respirer ». Au nouveau mouillage, deux mers se rencontraient juste au large de la côte et les vagues semblaient aussi hautes que des montagnes. « C'est comme d'être assis sur la ligne de touche et d'assister à un match. »

La tempête se renforça encore. « Nous aurions besoin de Beth pour nous égayer mais je suis heureux qu'elle ne soit pas avec nous », écrivit Curtis dans son carnet de bord, à quatre heures du matin, le 13 août. À l'aube du quatrième jour, il nota : « Toujours la même tempête et une longue nuit. Impossible de dormir, même quand on est épuisé. Il faut que cela prenne fin un jour [...]. Mon appareil 6x8 est à terre. Sans cela, je crois que nous tenterions de rejoindre le continent mais il faut que je récupère mon appareil photo. »

La cinquième nuit fut encore pire. « Faire la cuisine est un problème. Pour manger, les garçons s'assoient par terre avec un plat creux entre les genoux. La côte n'est qu'à trente mètres mais aucun être humain ne pourrait l'atteindre. À cet endroit, il n'y a rien qu'une falaise abrupte, haute de vingt-cinq mètres. »

Travail de l'ivoire – King Island. Les Esquimaux du littoral et des îles font de nombreux ustensiles avec l'ivoire – des alênes, des passe-lacets, des forets, des aiguilles, des boîtes à couture et des pointes de harpon et de lance. Leurs gravures sur ivoire sont très bien exécutées.

Puis, la tempête se calma et ils retournèrent à leur ancien mouillage près du village. « Nous surprîmes les indigènes. Ils pensaient que nous avions fait naufrage. Voyant notre bateau, ils pensèrent que c'était un spectre et l'appelèrent désormais le Bateau Fantôme. »

Pour rattraper le temps perdu, Curtis travailla à terre du matin jusqu'après minuit, ne s'arrêtant que pour revenir manger à bord ; puis, dans la nuit, ils quittèrent les Diomèdes et mirent le cap sur l'Alaska. « Ne veux pas risquer une autre tempête. Ai récolté une quantité de bons matériaux. Mer forte durant la traversée jusqu'à Wales. Avons relâché Arthur et sommes repartis immédiatement pour Kotzebue. Le vent ici vient tout droit de l'Arctique. Avons maintenant franchi le détroit de Béring et affrontons à présent l'océan Arctique. Depuis midi, notre route suit à peu près le cercle arctique. Je suis trop épuisé pour écrire. »

Au large de Kotzebue, village situé sur une langue de terre faisant saillie dans le détroit de Kotzebue, bien au nord du cercle arctique, ils embarquèrent un pilote, « qui prétend savoir mieux conduire des chiens que piloter un bateau. Je le crois. Nous avons passé la journée à éviter des hauts-fonds, virant dans toutes les directions, cherchant assez de profondeur pour rester à flot. Avons atteint le village à 6 heures du soir. Sam Magida est ici. C'est un prince et je sais qu'il nous sera d'une grande aide dans notre travail. Nous avons mouillé devant son entrepôt, à environ 30 mètres de la côte. Espère dormir une nuit complète. N'ai dormi que quatre heures et demie durant les soixante dernières heures. Demain, j'espère partir à la chasse à la baleine avec les indigènes, les mêmes baleines blanches qu'on trouve à Hooper Bay. »

Mais cette fois encore, les plans de Curtis furent déjoués par le mauvais temps. Alors, durant les jours qui suivirent, il travailla à terre. Ils levèrent l'ancre et remontèrent la rivière Noatak pour prendre des photos des indigènes noataks, partis de Kotzebue pour rejoindre leur village à l'intérieur des terres, la veille de l'arrivée de Curtis.

De retour à Kotzebue environ une semaine plus tard, ils remontèrent la Selawik qui descendait des Baird Mountains et se jetait dans le détroit, au sud de la Noatak. Dès lors, en plus du vent et de la mer agitée, ils rencontrèrent un nouvel obstacle. « Le missionnaire a fait dire aux indigènes de ne pas nous parler, écrivit Curtis. Ils sont affligés d'une espèce vicieuse de missionnaire. Si les indigènes ne pourvoient pas à leurs besoins, ils les appellent les Fils du Démon [...]. Les indigènes n'ont même pas le droit d'aider leurs parents, à moins qu'ils ne soient chrétiens ; et ceci, au nom du Christ. »

Curtis nota dans son carnet de bord qu'il était tombé sur une tribu, dans une île au sud de Nome, peut-être « la plus primitive du continent américain [...]. J'hésite à la mentionner, de crainte que quelque prêtre trop zélé ne se sente appelé à venir chez ces gens innocents. Ils sont si heureux et satisfaits que ce serait un crime d'amener la discorde dans leur vie ».

Au début de septembre, alors que le mauvais temps pouvait se déchaîner à tout moment et qu'aucun homme sain d'esprit n'aurait risqué de naviguer dans l'océan Arctique, Curtis s'attarda pour compléter son travail parmi les Selawiks. En fait, il s'enfonça encore plus dans les terres. « Ai remonté en amont de 4 kilomètres et demi pour être près d'un vieil informateur chassé du village par les missionnaires », écrivit-il dans son journal de bord le 3 septembre. « Le vieil homme est estropié et très méritant mais ses proches n'ont pas le droit de l'aider. » Il ajouta, désinvolte : « Beaucoup de neige durant la journée [...] notre première vraie tempête de neige.

Alors que nombre d'Esquimaux, visités et étudiés par l'auteur, ont conservé leur intrépidité, il semble qu'ils aient perdu une grande part de la rigueur observée il y a trente ans, durant son séjour chez les Esquimaux du littoral. Comme souvent parmi les peuplades primitives, le contact avec les Blancs et les maladies que ceux-ci ont apportées ont opéré un changement tragique durant cette période. Les indigènes de l'île de Nunivak constituent une exception notoire. L'absence totale de contact avec les Blancs les a préservés ; pourtant, un an après la visite de l'auteur, un rapport officiel fait état d'une diminution de 30 % de la population. Au cours de tous ses séjours parmi les Indiens et les Esquimaux, l'auteur n'a jamais rencontré une population plus heureuse, plus honnête et autonome.

EN HAUT : *Garçons en kayak – Nunivak*. Les garçons esquimaux sont entraînés aux tâches viriles dès leur plus jeune âge et on leur offre un festin lors de leur première prise de gibier.

PAGE PRÉCÉDENTE : *Charpente de kayak – Nunivak*. Les nouveaux kayaks sont fabriqués à la fin de l'hiver ou au début du printemps. Leur construction se fait solennellement dans la maison des hommes, généralement sous les directives de quelque vieillard ayant une grande expérience dans ce domaine. Les hommes mesurent et coupent chaque partie de l'ossature selon un système prescrit, basé sur la longueur des différents membres du corps ou d'une combinaison de ces membres. Ainsi, le kayak de chaque homme est construit selon les mesures spécifiques de son propre corps et, par conséquent, particulièrement adapté à son usage.

CI-DESSUS : *Le tambour – Nunivak*. Cet instrument, ressemblant à un tambourin, dont le dessus est fait d'estomac ou de vessie de morse, est principalement utilisé durant les cérémonies d'hiver. Ces tambours varient de 30 à 150 centimètres de diamètre. Lorsqu'on l'utilise, il est tenu dans une position variant de l'horizontale à la verticale.

Masque de cérémonie – Nunivak. Alors que le port de masques en bois au cours des différentes fêtes et cérémonies fait partie de la procédure rituelle, il est particulièrement difficile de connaître leur signification, car les coutumes ont été tellement modifiées qu'il est impossible d'obtenir des informations dignes de foi.

Nous savons que l'été est fini. » Et le jour suivant : « Avons récolté d'excellentes informations auprès de deux Fils du Démon. »

Avec le temps qui empirait régulièrement et menaçait de les emprisonner tout l'hiver dans l'Arctique, ils se rendirent dans un endroit encore inconnu d'eux, un camp indigène à l'extrémité inférieure du lac Selawik – où ils firent un festin. « Les indigènes nous apportèrent un grand poisson-chat d'environ 40 livres. Il valait presque la peine de faire un voyage dans l'Arctique. »

Finalement, le 10 septembre, l'heure du retour sonna. « Le monde entier couvert de neige. Fort vent contraire », observa Curtis puis, comme s'il venait seulement d'y penser : « Il faut que nous ramenions immédiatement le bateau à Nome. Naviguer d'ici à Nome, en cette saison, et dans un aussi petit bateau, est une affaire risquée. »

Le lendemain, peu après minuit, ils se mirent en route dans l'obscurité malgré les nombreux présages que leur donnait la nature. « Le temps se gâte, la mer se déchaîne, le baromètre descend. La tempête est sur nous. Froid mordant, neige abondante. Dans les plaines, on appellerait ça un blizzard. Le bateau avance avec difficulté. La nuit est cruelle. La visibilité est de dix pour cent inférieure à la purée de pois. »

Vingt-quatre heures plus tard, la tempête les avait ramenés à leur point de départ – et leur posait un problème qui ne présageait rien de bon. « Quelque chose dans le balancement du bateau me réveilla. Je bondis de ma couchette et me retrouvai les pieds dans l'eau. Je courus rapidement à l'arrière. La salle des machines était inondée par trente centimètres d'eau. Je réveillai Harry et Eastwood. Pendant qu'ils émergeaient, je mis la pompe en marche... »

Ils constatèrent qu'en gardant la pompe en marche, le niveau de l'eau ne montait pas. Sachant qu'un hiver d'une rigueur implacable approchait, ils décidèrent de prendre le risque de partir pour Nome sans perdre de temps en réparations. « J'appelai les garçons et nous relevâmes l'ancre. »

Mais les voies d'eau et le harcèlement de la tempête ne les empêchèrent pas de s'arrêter à Wales, à la pointe ouest de la péninsule Seward, et à mi-chemin environ de Nome. « Il faut que nous travaillions quelques jours là-bas en espérant que le vent se maintiendra au nord-est. »

Hélas ! le vent n'eut pas cette complaisance. Après leur avoir permis de mouiller à Wales, il les empêcha de débarquer, devint glacial et les obligea à se mettre à l'abri à Port Clarence, à 60 milles de là.

Cependant, Curtis tint bon. Presque une semaine après avoir mouillé l'ancre pour la première fois à Wales, il y débarqua à nouveau appareil photo en main.

Puis, le travail accompli, ils mirent enfin le cap au sud, vers Nome, luttant de vitesse avec le mauvais temps. « Toutes voiles dehors mais avec le baromètre plus bas que jamais durant le voyage, écrivit Curtis. Le vent forcit. Mer énorme. Nous fuyons devant. Nous volons comme un oiseau devant la tempête, effleurant à peine le sommet des vagues. La vitesse de notre minuscule bateau nous donne l'impression d'être un canard, soufflé d'une vague à l'autre. »

Eastwood se tenait à la barre avec Curtis, tous deux dans l'eau jusqu'à la taille à cause des déferlantes qui balayaient le pont. « Chef, dit Eastwood, la tempête fait rage. Pendant que j'en ai encore la possibilité, je veux vous dire que le temps passé avec vous a été l'événement de ma vie. Bon ou mauvais, j'en ai apprécié chaque instant. »

Ils se serrèrent la main.

« En moins d'une heure, nous doublâmes le cap et remontâmes doucement vers le port. Nous avions été repérés et tous les habitants du village se trouvaient à quai pour nous accueillir. » Le dernier télégramme venant du nord disait qu'ils avaient été vus partant pour les Diomèdes et qu'ils avaient sans nul doute sombré dans le premier grand blizzard de l'hiver.

« Une magnifique croisière sportive s'il n'y avait pas eu tant de choses en jeu », écrivit Curtis. Il apprit que la tempête qui les avait surpris tandis qu'ils fuyaient de Wales vers la sécurité de Port Clarence, avait malmené des bateaux autour de Nome, tuant deux hommes. À la lumière de cela, il commenta : « Je crois que je m'en suis bien sorti [...]. Grand Jackson, mon ami banquier, a dit que nous nous distinguons des autres expéditions scientifiques car nous n'avons pas demandé de prêt pour sortir du pays. »

DE RETOUR dans la douceur du sud de la Californie, Curtis se replongea dans le manuscrit inachevé du volume 10, retourné par Hodge accompagné de ses commentaires désapprobateurs à l'égard du travail d'Eastwood, juste avant leur départ pour le Grand Nord. Un par un, il reprit les points contestés par Hodge.

« "Théologie wichita" – Vous semblez vous opposer à l'emploi lorsqu'il n'est pas associé à la religion chrétienne. Je ne trouve rien dans le Webster indiquant que la chrétienté en ait l'exclusivité. Cependant, la paix à tout prix – alors faisons un compromis en utilisant les « croyances religieuses ».

» "Sermon" – ce terme ne me paraît pas irrévérencieux mais si le mot vous gêne tant, parlons "d'enseignement", même si le terme est galvaudé.

» Le cœur du problème, vous dites : "Les tribus, par exemple, qui n'ont pas été influencées par le christianisme." Il n'y a pas d'énergumène de cette espèce. De ma vie entière, je n'ai pas vu un groupe d'Indiens n'ayant pas subi l'influence du christianisme.

» Le culte du peyotl. Dans le paragraphe commençant par "La religion indienne, c'est-à-dire l'adoration instinctive des dieux", vous notez : "Il est trop tard pour imprimer un tel commentaire." Vous n'indiquez pas quelle partie du commentaire n'est pas publiable. Dans l'ensemble, le paragraphe dit deux choses. D'abord, que "l'adoration instinctive de l'Infini n'implique pas nécessairement de code moral". À mon sens, cette affirmation est juste. Ce point pourrait être discuté de même que toutes les questions ayant trait à la religion. Ensuite, que "l'enseignement principal du culte du peyotl est la pureté des mœurs". Cette affirmation n'est pas contestable et je laisserai donc le paragraphe tel qu'il est. Si vous pensez qu'il doit être changé, laissez-vous guider par votre conscience.

» Je ne pense pas que l'avenir de l'humanité puisse être sérieusement affecté par le paragraphe tel qu'il est ou sera après vos corrections mais pour l'heure, j'ai le dernier mot – je dirai que les affirmations du paragraphe sont justes.

» Titre de "Stomp Dance". Bien entendu, "stomp" est dérivé de "stamp" ; cependant, partout où la danse est connue, c'est sous le nom de "stomp". Nous pourrions ajouter une note bas de page informant le lecteur que "stomp" est la forme méridionale de "stamp".

» Vous dites que les matériaux sur les Comanches sont pauvres. Je vous accorde qu'ils ne sont pas fameux mais on ne peut pas construire à partir de rien. Nous avons couvert le terrain avec, pour interprète et assistant, l'homme le plus intelligent et le plus instruit vivant actuellement. Par son intermédiaire, nous avons parlé à tous les anciens de la tribu. Jour après jour, nous avons peiné pour obtenir ce que nous cherchions. Finalement, M. Tebo, notre interprète, se tourna vers moi, quelque peu exaspéré, et me dit : "Vous essayez d'obtenir ce qui n'existe pas."

» Les seules informations que nous avons pu trouver furent d'innombrables histoires obscènes, fragmentaires, dépourvues de sens, du type corps de garde ; elles n'offraient aucun intérêt mis à part l'aspect obscène. En dehors de ce genre d'histoire, il y [avait] [...] des expériences fragmentaires de vieillards sur la chasse et les expéditions guerrières – il était impossible d'obtenir des histoires cohérentes, dignes d'être publiées. De ces récits personnels, j'ai tiré les informations utilisées dans mon court commentaire sur la tribu, surtout en ce qui concerne leur conflit avec les gens de Stone House. J'ai un peu modifié mon exposé sur le conflit entre Comanches et les Kariesos et les Pecos.

» Dans votre annotation, vous dites que la maladie fut la cause première du déclin des Pecos et, apparemment, vous vous opposez à mon affirmation lorsque je prétends que les raids comanches en furent responsables. Or, lors de mon dernier séjour au Nouveau-Mexique, j'ai passé un temps considérable avec les vieux Mexicains d'ascendance Pecos, vivant actuellement près de Pecos, et tous les renseignements concourent à confirmer que le dernier raid comanche a été le facteur déterminant. Ma théorie sur ce raid est basée sur mes recherches personnelles dans les environs de Pecos et sur celles obtenues des Comanches. Si vous vous reportez à votre manuel, vous verrez que vous citez le dernier raid comanche comme facteur principal.

Enfant noatak. Presque en même temps qu'il apprend à marcher, le jeune garçon apprend à manœuvrer le petit mais efficace kayak.

» Quant au Monstre Serpent – une grande partie de mes sources sont le résultat de plusieurs jours de travail avec de vieux Mexicains, aux environs de Pecos. J'avais, pour interprète et assistante, une Mexicaine très influente, qui parvint à faire parler les vieillards très librement. L'information venait de sources si variées que je suis convaincu de l'existence de deux grands serpents. Les vieux Mexicains en parlaient dans leurs récits comme de "monstres".

» Myers n'était pas avec moi durant ce travail et avait peur d'aborder ce sujet. À cette époque, je voulais consacrer quelques paragraphes au Monstre Serpent, sans prétendre que tout était vrai, mais en rapportant les récits pour ce qu'ils valaient.

» Si vous le jugez préférable, enlevez l'allusion aux serpents dans le matériel comanche. Un jour, lorsque j'aurai un peu de temps libre, j'ai l'intention de retourner au Nouveau-Mexique et de consacrer quelques mois aux serpents de cette région... »

Le manuscrit du volume 19 enfin terminé, Curtis se lança dans le travail sur le Nord pour le volume 20. « Nous avons une belle collection d'images », écrivit-il à Hodge au début de 1928. Puis, un peu plus tard : « Nous avons une masse considérable d'informations, particulièrement sous forme de contes populaires [...]. Dans la mesure où si peu de contes esquimaux ont été publiés, nous pensons qu'il faudrait faire tout notre possible pour les inclure. Après avoir préparé le contenu descriptif général, nous serons mieux à même de déterminer l'espace que nous pourrons consa-

Séchage d'une peau de morse – Diomède.
La nourriture est constituée principalement de viande, de graisse et d'huile de morse, de phoque et de baleine. Les peaux, la viande et l'huile en excès sont utilisées pour le troc avec les gens du continent des deux côtés du détroit de Béring.

crer aux contes populaires [...]. Il y a une certaine similitude [...], cependant, ils donnent tous des aperçus intéressants sur le processus mental des indigènes.»

Alors que la fin du long parcours, commencé au tournant du siècle, était enfin en vue, les problèmes de santé de Curtis s'aggravèrent. «Je suis à nouveau mal en point», écrivit-il à Hodge le 20 février 1929, en l'informant qu'il lui envoyait les premières épreuves pour le volume 20. «Au mois de janvier, il y a eu une amélioration et je criais presque de joie *mais*, durant la nuit du 1er février, c'est revenu, pire qu'avant.

» Aller de mon lit à ma table de travail est à peu près tout ce dont je suis capable à présent. J'ai un nouveau médecin et il me fait de grandes promesses; je me suis également fait opérer des amygdales...»

Malgré ses handicaps, Curtis poursuivait sa tâche. «D'ici à quelques jours, je vous enverrai un premier jet de l'introduction au volume 20», écrivit-il à Hodge le 14 mars 1929. «Étant donné que c'est le dernier volume, j'ai ajouté une note personnelle [...]. Après y avoir apporté les changements que vous jugerez nécessaires, renvoyez-la-moi, s'il vous plaît.

» Quant à ma hanche, elle va mieux et j'ai bon espoir. Je pense que l'ablation des amygdales y est pour quelque chose. Je me suis également fait confectionner une camisole, très serrée, très désagréable à porter mais qui me soulage. Dans cette dernière tentative folle pour surmonter la situation, j'ai recours à tout ce que trois des meilleurs médecins peuvent suggérer...»

Curtis reçut, par l'intermédiaire de Hodge, une réclamation d'une source impré-

Dépeçage d'une baleine beluga – Kotzebue. Aucune femme ne peut toucher une Beluga avant que son mari ne l'y autorise. On coupe d'abord la tête qui est laissée dans l'eau afin que l'esprit de l'animal puisse retourner à la mer et entrer dans le corps d'une autre baleine. Lorsque la procédure est conduite correctement, les Belugas reviendront, dit-on, pour se faire tuer à nouveau.

vue. « En ce qui concerne les photos promises aux Indiens », répondit-il le 18 avril 1929, « nous en avons expédié des tirages là où nous l'avions promis. En fait, nous avons envoyé des copies de tous les portraits que nous avons faits.

» Lorsque j'ai pris des paysages où figuraient des Indiens, je n'ai pas promis de photos et, comme ils recevaient plus que le tarif habituel, je ne voulais pas en envoyer.

» L'expérience m'a appris que les photos arrivent rarement jusqu'aux Indiens. Elles disparaissent à la poste ou tombent en d'autres mains que les leurs. De cette saison de travail, nous avons envoyé assez de photos pour tapisser tout le Nord-Ouest. Je me souviens d'un négatif de portrait de groupe dont nous avons expédié 13 copies [...]. Quant à en renvoyer d'autres, c'est hors de question étant donné que tous les négatifs partent chez les clicheurs et de là dans les chambres fortes de Morgan. Je ne les revois plus après les avoir expédiés dans l'Est.

» Les plaintes des indigènes de cette partie de la forêt ne sont tout simplement pas justifiées. Ils ont tous été bien payés pour poser. Nous avons aussi rempli nos engagements en expédiant les photos promises... »

En 1930, la tâche la plus remarquable entreprise par un seul homme dans l'histoire du livre s'acheva enfin avec la publication du volume 20 de *The North American Indian*.

« De simples remerciements paraissent dérisoires comparés à une coopération aussi loyale », écrivit Curtis dans son introduction finale, en parlant de ceux qui l'avaient soutenu durant toutes ces années, « mais grande est la satisfaction de l'auteur lorsqu'il peut enfin dire à tous ceux dont la foi est restée intacte : "C'est terminé". »

LE PORTFOLIO

« Bien qu'essentiellement photographe, je ne vois pas et ne pense pas en tant que tel ; par conséquent, l'histoire de la vie des Indiens ne sera pas narrée à travers la lentille d'un microscope mais plutôt présentée comme une image large et lumineuse. »

EDWARD SHERIFF CURTIS
1905

I. Un chef du désert — Navajo

2. CANYON DE CHELLY – NAVAJO

3. Un fils du désert – Navajo

4. Homme-médecine apache avec un parchemin à prières sacré

5. Quniaika – Mohave

6. Jeune fille qahatika

7. Pachilawa – chef Walapai

8. Mosa – Mohave

9. Jeune fille papago

10. Dans les Badlands

11. Prière au Grand Mystère

12. Jeune femme sioux

13. Encens au-dessus d'un sac-médecine – Hidatsa

14. Shot in the Hand – Absaroke

15. A Black Canyon

16. Two Leggings – Absaroke

17. EN ROUTE POUR UNE CAMPAGNE D'HIVER – ABSAROKE

18. Arikara

19. La ramasseuse de joncs – Arikara

20. Red Whip – Atsina

21. Dans la "loge-médecine" – Arikara

22. BEAR'S BELLY – ARIKARA

23. Femme arikara

24. Crow Eagle – Piegan

25. Two Bear – Femme piegan

26. Sous un tipi piegan

27. Un dandy piegan

28. L'attente dans la forêt – Cheyenne

29. Camp flathead sur la rivière Jocko

30. Portrait Klickitat

31. Chasseur de canards kootenai

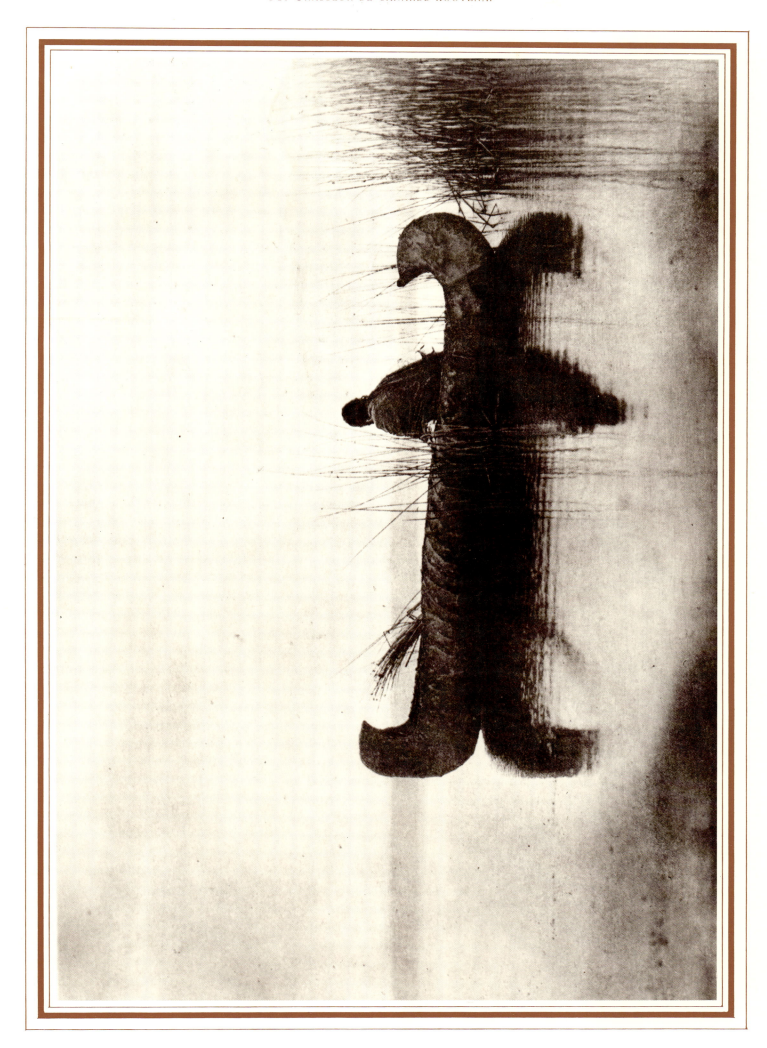

32. Un repaire dans les montagnes – Absaroke

33. Three Eagles – Nez-Percé

34. Mariée wisham

35. Raven Blanket – Nez-Percé

36. Le crépuscule sur Puget Sound

37. Campement à Puget Sound

38. Type Lummi

39. Lelehatl – Quilcene

40. LA RAMASSEUSE DE JONCS – COWICHAN

41. Hleastunuh – Skokomish

42. Garçon quilcene

43. Chef nakoaktok avec du cuivre

44. Charpente de maison kwakiutl

45. Peinture d'un chapeau – Nakoaktok

46. Un masque Tlū Wūlahū – Tsawatenok

47. Danse pour la restitution de la lune, lors d'une éclipse-Qagyuhl

48. Hamatsa émergeant des bois – Koskimo

49. Femme nootka vêtue d'une couverture en écorce de cèdre

50. Un Haida de Kung

51. L'attente du canoë – Nootka

52. Prêtre du Serpent hopi

53. EN REGARDANT LES DANSEURS

54. La faiseuse de piki

55. La soirée en territoire hopi

56. La potière

57. Fille hopi

58. Femme et enfant hopis

59. Femme hupa

60. Pêcheur d'éperlans – Trinidad Yurok

61. LA PÊCHE DU SAUMON À LA LANCE

62. Ramassage des joncs – Lac Pomo

63. UN MONO

64. UNE HABITATION MONO

65. FEMME CAHUILLA DU DÉSERT

66. Vannerie paviotso

67. Femme cupeno

68. Au vieux puits d'Acoma

69. Un fiscal de Jemez

70. Femme d'Acoma

71. Masque de bison sia

72. Okuwa-Tsire (« Oiseau-des-Nuages ») – San Ildefonso

73. Agoyo-Tsa – Santa Clara

74. OFFRANDE AU SOLEIL — SAN ILDEFONSO

75. Okuwa-Tse («Nuage-Jaune») – San Ildefonso

76. Ah-En-Leith – Zuni

77. Shiwawtiwa – Zuni

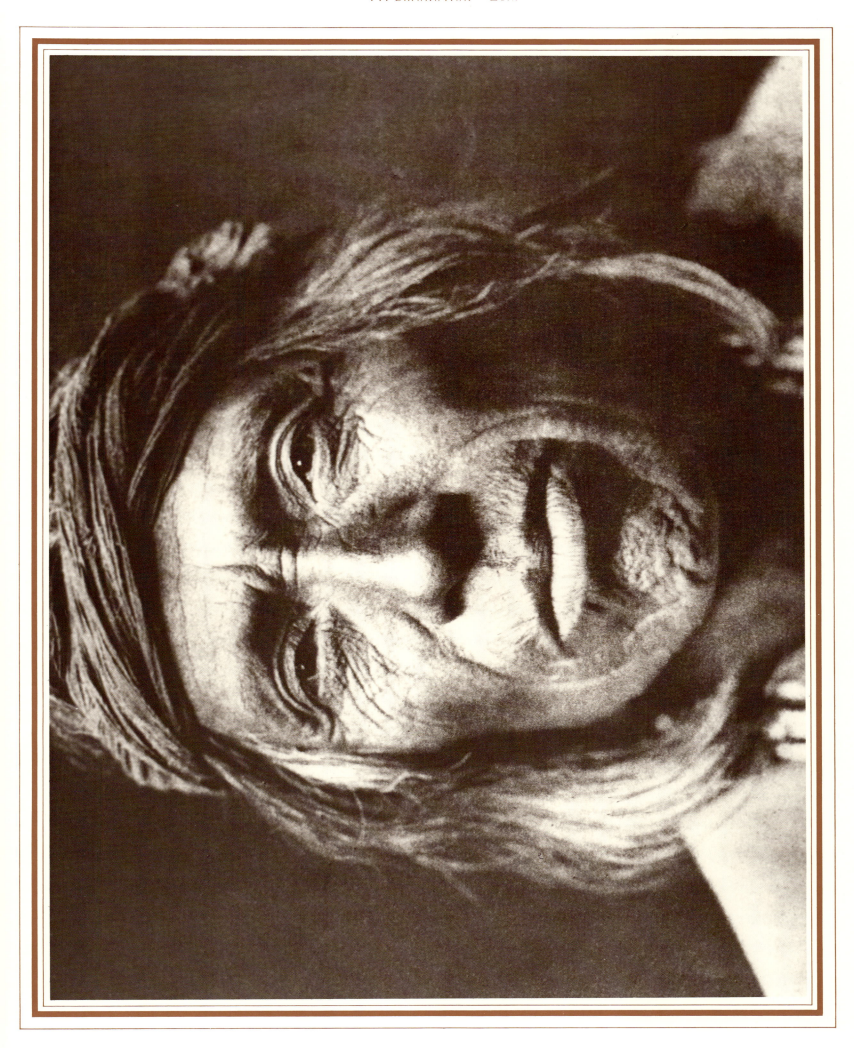

78. Gouverneur de San Juan – Pueblo

79. Une charge de combustible – Zuni

80. « Owl Old-Woman » – Sarsi

81. Travois blackfoot

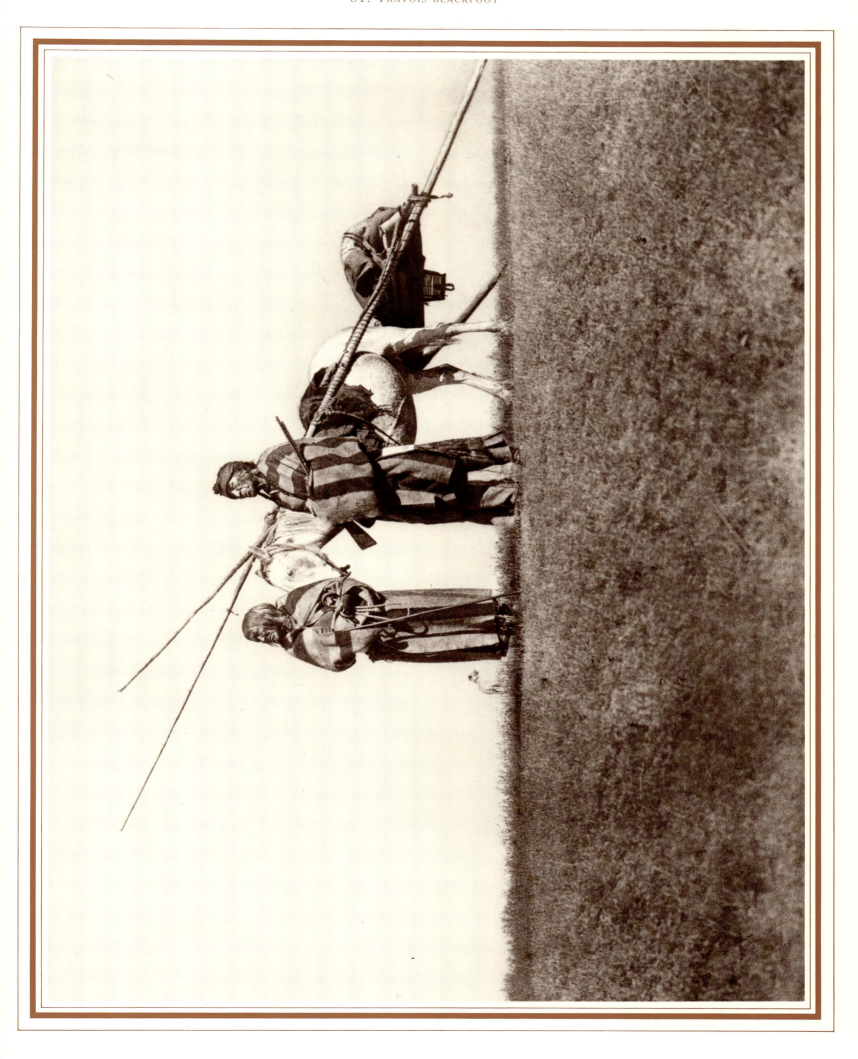

82. CHASSEUR ASSINIBOINE

83. JEUNE FILLE CREE

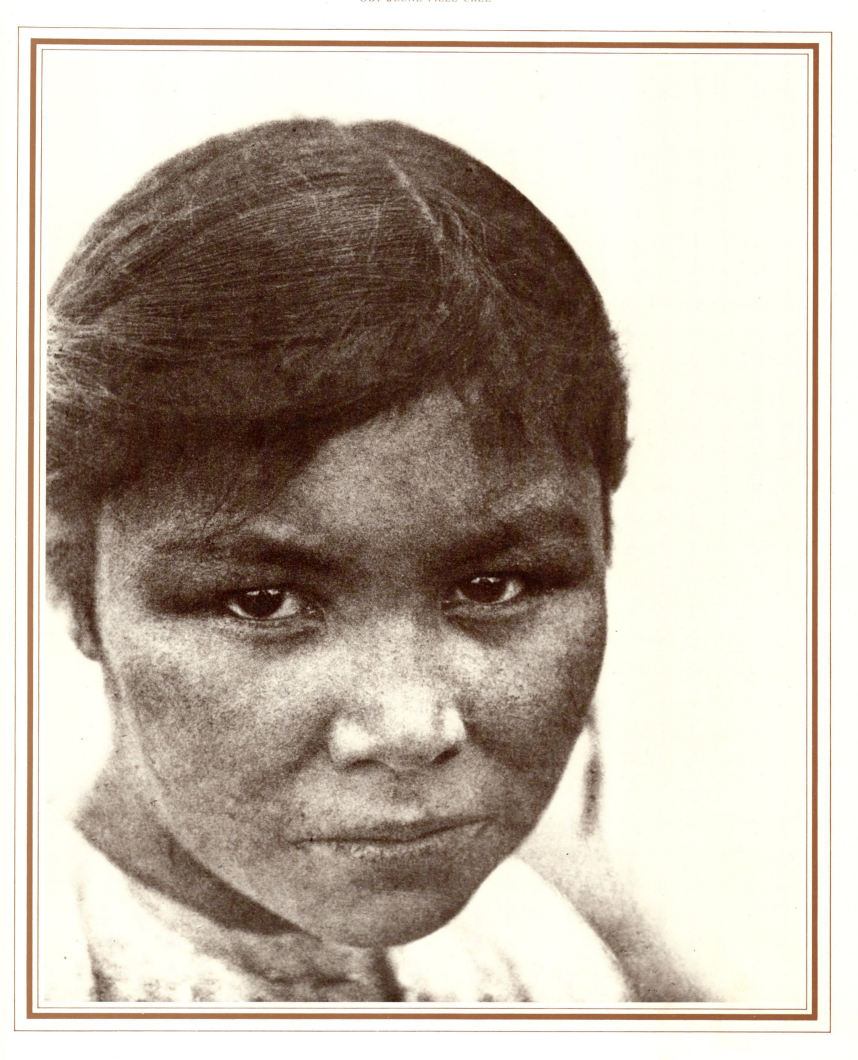

84. Un tipi peint – Assiniboine

85. Mère et enfant assiniboines

86. Dog Woman – Cheyenne

87. Jeune femme cheyenne

88. Tambour du Peyotl

89. Uwat – Comanche

90. Un petit Comanche

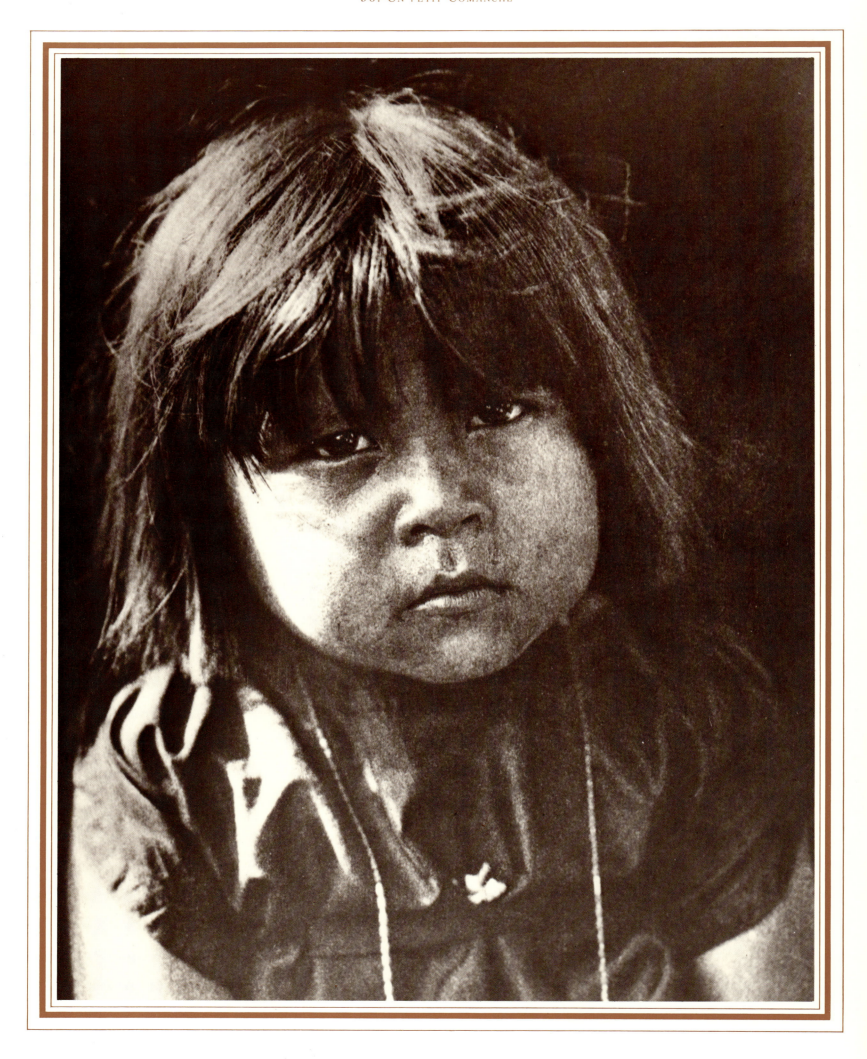

91. Two Moon – Cheyenne

92. Un habitant de Nunivak — Esquimau

93. Prêt pour la chasse aux phoques – Nunivak

94. Petit masque – Nunivak

95. Départ pour la chasse à la baleine – Cap du Prince de Galles

Le Portfolio *avec les légendes d'Edward Sheriff Curtis*

1. *Un chef du désert – Navajo.* Portrait non seulement de l'individu mais d'un membre caractéristique de la tribu – dédaigneux, énergique, farouchement indépendant.
2. *Canyon de Chelly – Navajo.* Paysage merveilleux au nord-est de l'Arizona, au cœur du territoire navajo – une de leurs places fortes en fait. On y trouve des preuves d'une occupation importante dans des temps reculés car dans toutes les niches de chaque côté se trouvent les ruines d'anciens villages perchés sur les parois du canyon.
3. *Un fils du désert – Navajo.* Au petit matin, comme jaillissant de la terre elle-même, ce garçon arriva au campement de l'auteur. En vérité, il semblait lui-même faire partie du désert. Son regard traduit toute la curiosité et l'émerveillement de son esprit primitif s'efforçant de saisir la signification des choses étranges qui l'entourent.
4. *Homme-médecine apache avec un parchemin à prières sacré.* Chaque homme-médecine apache possède une peau sacrée sur laquelle figurent des symboles de la mythologie tribale. Dans sa petite demeure ou *Kówa*, avec, devant lui, la peau de daim peinte sur laquelle figurent les représentations symboliques de la vingtaine de divinités formant le panthéon apache, l'homme-médecine restera assis toute la journée et toute la nuit à psalmodier et prier dans l'espoir d'entendre la voix de messagers célestes.
5. *Quniaika – Mohave.* Bien que ce portrait représente l'un des meilleurs de sa tribu, il sert aussi bien à illustrer un homme de l'âge de pierre.
6. *Jeune fille qahatika.* À environ 60 kilomètres au sud de la réserve des Pimas (Arizona), on peut rencontrer un type véritable d'Indiens du désert – les Qahatikas. En traversant cette région, il y a de quoi se demander comment un être humain peut arracher les éléments vitaux d'une terre aussi stérile. Seule une forme de vie peu exigeante est capable de survivre ici.
7. *Pachilawa – chef walapai.* Autant qu'on le sache [les Walapais] ont toujours occupé les montagnes couvertes de pins sur une distance d'environ 160 kilomètres le long de la rive sud du Grand Canyon, au nord-ouest de l'Arizona.
8. *Mosa – Mohave.* Il serait difficile d'imaginer une aborigène plus véritable que cette fille mohave. Ses yeux sont ceux du faon de la forêt posant un regard interrogateur sur les choses étranges de la civilisation qu'elle contemple pour la première fois. Elle est semblable à celles que le père Garces a pu voir lors de son voyage en pays mohave en 1776.
9. *Jeune fille papago.* Une jeune fille papago particulièrement belle et d'un sang aussi pur que l'on puisse trouver dans cette région. Les tribus pimans du Nord ont été en contact direct avec les Espagnols depuis plus de deux siècles. Le sang étranger a été tellement dilué que son influence physique n'est plus visible. Bien sûr les Indiens insistent souvent sur le fait qu'ils sont d'origine entièrement aborigène, alors qu'en réalité on peut retracer l'apport de sang étranger plusieurs générations en arrière.
10. *Dans les Badlands.* Cette image étonnante a été prise à Sheep Mountain, dans les Badlands, sur la réserve de Pine Ridge, Dakota du Sud.
11. *Prière au Grand Mystère.* Lors de la prière, la pipe était toujours offerte au Créateur en la tenant tendue vers le ciel. Au pied du suppliant se trouve un crâne de bison, symbole de l'esprit de l'animal dont les Indiens dépendaient tant. Le sujet de la photographie est Picket Pin, un Sioux Oglala.
12. *Jeune femme sioux.* Jeune femme sioux dans une robe faite entièrement en peau de daim, brodée de perles et ornée de piquants de porc-épic.
13. *Encens au-dessus d'un sac-médecine – Hidatsa.* Une partie du rituel de la cérémonie du Maïs se passait dans la loge de l'homme-médecine. La cérémonie du Maïs avait lieu au printemps et au début de l'été pour supplier les esprits d'accorder à la tribu de la force et une récolte abondante.
14. *Shot in the Hand – Absaroke.* Il est né vers 1841. Il obtint le « pouvoir de l'épervier » lors de sa « quête de vision »; il avait pour habitude de fabriquer une poudre à base de cœur de faucon, de glycérie (herbe médicinale) et de teinture végétale afin d'en manger un peu juste avant de partir au combat.
15. *À Black Canyon.* Les Absarokes, bien que pas exclusivement montagnards, ont toujours affectionné les collines, préférant l'ombre des forêts et les torrents limpides des montagnes aux prairies, monotones, torrides et desséchées. L'image illustre la coutume absaroke de porter, à l'arrière de la tête, un ruban en peau orné de nombreuses mèches de crin, et décoré à intervalles réguliers de boulettes de résine peintes de couleurs vives. Black Canyon est situé au Montana, dans la partie nord des montagnes Bighorn.
16. *Two Leggings – Absaroke.* Il est né vers 1848. Ses visions ne lui ayant pas conféré de grands pouvoirs, il fut admis dans la société secrète du Tabac par Bull Goes Hunting qui lui donna son amulette faite d'un fossile ou d'une pierre grossièrement sculptée en forme d'un cheval à deux faces. Two Leggings devint ainsi un chef de guerre.
17. *En route pour une campagne d'hiver – Absaroke.* Il n'était pas rare qu'à pied ou montées, les expéditions guerrières absarokes contre l'ennemi se fassent au cœur de l'hiver. Le guerrier sur la gauche porte le pardessus à capuche en drap épais qui fut généralement adopté par les Absarokes après l'arrivée des marchands parmi eux. La photographie fut prise dans une vallée étroite dans les montagnes de Pryor, Montana.
18. *Arikara.* L'histoire et la tradition indiquent qu'à l'époque de leur séparation d'avec les Pawnees, les Arikaras formaient une grande tribu. La guerre et la maladie n'ont pas dû les épargner car, lorsqu'ils reçurent la visite de Lewis et Clark, ils occupaient trois villages à l'embouchure de la Grand River et comptaient alors probablement deux mille six cents âmes. En 1871, leur nombre avait décru de mille individus, en 1888 ils n'étaient que cinq cents et en 1907 il n'en restait que trois cent quatre-vingt-neuf.
19. *La ramasseuse de joncs – Arikara.* Les Arikaras, ainsi que leurs proches voisins, les Mandans et les Hidatsas, faisaient de nombreuses nattes en jonc. Celles-ci étaient utilisées principalement pour tapisser le sol.
20. *Red Whip – Atsina.* Il est né en 1858. À dix-sept ans, il fit sa première expédition guerrière contre les Sioux. L'ennemi campait à Lodge Pole Creek et les Atsinas l'attaquèrent à l'aube, capturant plusieurs chevaux. Red Whip était à la tête de la charge et prit à lui seul plusieurs animaux.
21. *Dans la « loge-médecine » – Arikara.* Le rite distinctif des Arikaras était celui de leur fraternité d'hommes-médecine, *shunuwanuh* ou « célébration magique ». Celle-ci se déroulait dans la loge, au milieu de l'été jusqu'en automne, avec chants, danses et tours de magie.
22. *Bear's Belly – Arikara.* Il est né en 1847. Il n'avait pas d'expérience de la guerre lorsqu'à dix-neuf ans, il se joignit aux éclaireurs de Custer à Fort Abraham Lincoln, les anciens de la tribu lui ayant dit que c'était le moyen le plus sûr d'acquérir des honneurs.
23. *Femme arikara.* Les femmes étaient vêtues d'une robe descendant jusqu'aux chevilles, faite de deux peaux de daim, une pour le devant, l'autre pour l'arrière. Les cheveux de la femme, partagés au centre, étaient nattés et les deux tresses pendaient dans le dos, enveloppées de lanières de daim parfois ornées de piquants de porc-épic.
24. *Crow Eagle – Piegan.* Aux temps anciens des coutumes et des lois traditionnelles, ils tenaient aux usages, en particulier dans leurs relations sociales et ces contraintes faisaient, en grande majorité, partie de leur religion. Une coutume digne d'attention de leur vie quotidienne est l'usage intensif de la pipe. Lorsqu'ils l'allumaient, ils la faisaient toucher terre et la tendaient vers le ciel dans une prière silencieuse aux esprits. Chaque acte significatif de leur journée était précédé de ce rite.
25. *Two Bear – Femme piegan.* Quant aux Piegans d'aujourd'hui et de demain, il faudrait être très optimiste pour déceler un espoir dans leur situation présente. La promesse d'une vie meilleure, qui leur avait toujours été faite par la civilisation, s'est avérée n'être qu'une coquille vide.
26. *Sous un tipi piegan.* Little Plume et son fils Yellow Kidney occupent la place d'honneur à l'arrière, face à l'entrée. L'image montre de nombreux exemples des différentes activités des Indiens. Au premier plan, on voit l'inévitable pipe et ses accessoires sur la tablette à découper le tabac. Aux mâts de la tente, on voit suspendus le bouclier en peau de bison, le long sac-médecine, un éventail fait d'une aile d'aigle et l'harnachement en peau de daim pour les chevaux. L'extrémité supérieure de la corde est attachée à l'intersection des mâts du tipi et, par temps orageux, l'extrémité inférieure est fixée à un piquet au sol vers le centre.
27. *Un dandy piegan.* Vers 1855, les jeunes gens commencèrent à se faire une raie dans les cheveux d'une tempe à l'autre et à friser la mèche arrière à l'aide d'une baguette de fusil préalablement chauffée. Certains se nattaient les cheveux, d'autres non.
28. *L'attente dans la forêt – Cheyenne.* Au crépuscule, dans les environs des grands campements, on peut voir les jeunes hommes, enveloppés dans des couvertures ou dans des draps de coton blanc, glisser autour des tipis ou attendre, immobiles à l'ombre des arbres, l'occasion d'un rendez-vous secret avec leur bien-aimée.
29. *Camp flathead sur la rivière Jocko.* La scène dépeint un petit campement parmi les pins sur la réserve des Flatheads dans l'ouest du Montana. Les majestueuses montagnes Rocheuses se dressent à l'arrière plan.
30. *Portrait klickitat.* Sur la réserve yakima, dispersés çà et là dans les vallées de leur ancien habitat, on trouve quelques klickitats très âgés : mais l'identité de leur tribu s'est perdue.
31. *Chasseur de canards kootenai.* Dans l'aube grise d'un matin brumeux, le chasseur s'accroupit dans son canoë parmi les joncs, attendant que les oiseaux aquatiques viennent à portée.
32. *Un repaire dans les montagnes – Absaroke.* Les

Absarokes vivaient beaucoup dans les montagnes et nulle part ailleurs ils ne semblent autant chez eux que près des ruisseaux et dans les canyons de ces hauteurs recouvertes de forêts.

33. *Three Eagles – Nez-Percé*. Three Eagles était l'interprète employé durant la récolte d'informations sur les Nez-Percés.
34. *Mariée wisham*. La polygamie était pratiquement chose courante parmi les dignitaires. Un homme riche ayant jusqu'à huit femmes. Tous vivaient dans la même maison, l'impartialité du mari prévenant les discordes. Les femmes étaient sur un pied d'égalité bien que celle issue d'une famille de haut rang était naturellement traitée avec déférence et recevait plus d'égards en présence d'un visiteur.
35. *Raven Blanket – Nez-Percé*. Intellectuellement, culturellement et physiquement, les Nez-Percés avaient une influence prépondérante sur les tribus du bassin de la rivière Columbia. Depuis le jour où Lewis et Clark les découvrirent en 1805 jusqu'à la fin de la guerre contre les Nez-Percés en 1877, ceux qui entrèrent en contact avec ce peuple remarquèrent son caractère exceptionnel.
36. *Le crépuscule sur Puget Sound*. Cette photographie fut prise près de la cité de Seattle.
37. *Campement à Puget Sound*. Les habitations d'été étaient construites en fixant des mâts de chaque côté d'une perche de faîtage puis on couvrait ce toit et les murs des extrémités avec des nattes.
38. *Type lummi*. Les Lummis occupaient un territoire considérable à proximité de Lummi Bay, État de Washington, ainsi que dans les îles San Juan.
39. *Lelehatl – Quilcene*. Parmi les tribus de la côte Pacifique, la moustache n'indique pas nécessairement une ascendance blanche. Les premiers voyageurs notèrent que de nombreux hommes avaient le visage couvert de poils.
40. *La ramasseuse de joncs – Cowichan*. La manufacture de nattes en jonc servant de tapis, de parois de maison, de capes et de voiles de bateau demeure encore, dans de nombreuses localités, une des tâches importantes des femmes.
41. *Hleastunuh – Skokomish*. La dépendance à l'égard de la mer pour la nourriture était l'élément culturel dominant de cette tribu ainsi que d'autres groupes salishans du littoral. Dans les eaux du Pacifique abondent d'innombrables formes de vie et les habitants des côtes balayées par le vent, des détroits, des baies et des ports puisaient abondamment dans cette réserve. Les hommes, les femmes et les enfants vivaient presque dans les canoës et, dans leurs frêles embarcations, savaient remarquablement bien naviguer par mauvais temps.
42. *Garçon quilcene*. Les Quilcenes, comme les Skokomishs, sont une bande de Twanas vivant sur le Hood Canal, État de Washington.
43. *Chef nakoaktok avec du cuivre*. Hakalaht (« par-dessus tout »), le chef suprême, tient le Wanistakila (« prend tout dans la maison »). Le nom de cette pièce en cuivre correspond à la dépense importante qu'il représente à l'achat. Sa valeur est de cinq mille couvertures. Le prix du cuivre n'est pas basé sur sa valeur intrinsèque mais sur le nombre de fois où il a été vendu ; car, à chaque vente, le prix augmente. La plus-value maximale est de cent pour cent.
44. *Charpente de maison kwakiutl*. Les deux longues faîtières jumelles sont supportées à chaque extrémité par une poutre traversière reposant sur deux verticales. À l'extrême droite et gauche se trouvent les poutrelles de l'avancée du toit. Les rainures longitudinales et circulaires des colonnes sont faites laborieusement à l'aide d'une petite herminette de forme primitive. Cette charpente se trouve au village de Memkumlis.
45. *Peinture d'un chapeau – Nakoaktok*. Le peintre est vêtu d'une courte cape en écorce de cèdre, servant à se protéger de la pluie. On voit que c'est une femme riche et d'un rang élevé à l'anneau de nez en coquille d'abalone et à ses bracelets en or autant que par le fait qu'elle possède un « chapeau de chef ». Ces chapeaux imperméables, d'une forme empruntée aux Haidas, sont faits avec les fibres de racines de sapin tressées et ornés de l'emblème du propriétaire – une peinture très stylisée de quelque animal ou être mythologiques.
46. *Un masque Tlü Wülahü – Tsawatenok*. Le masque représente un grand plongeon surmontant le visage d'un être anthropomorphique dont l'oiseau prend la forme à son gré.
47. *Danse pour la restitution de la lune, lors d'une éclipse-Qagyuhl*. La croyance veut qu'une éclipse soit produite par le fait que, dans le ciel, une créature tente d'avaler la lune. Afin de contraindre le monstre à la régurgiter, on danse autour d'un feu qui couve, alimenté de vieux vêtements et de cheveux, dont la puanteur, s'élevant jusqu'à ses narines, doit le faire éternuer et rendre l'astre.
48. *Hamatsa émergeant des bois – Koskimo*. De tous les groupes vivant sur la côte pacifique nord, les tribus kwakiutls sont une des plus importantes et, actuellement, leurs villages sont les seuls où l'on peut encore observer la vie traditionnelle. Leurs cérémonies revêtent une forme justifiant pleinement le terme « théâtral ».
49. *Femme nootka vêtue d'une couverture en écorce de cèdre*. Les membres des deux sexes portaient des robes en écorce de cèdre ou en fourrure, agrafées sur le côté droit et les femmes portaient de surcroît des tabliers en écorce, tombant de la taille aux genoux. Par temps pluvieux, ils mettaient des capes en écorce, semblables à des ponchos. Par tous les temps les femmes et les hommes portaient des chapeaux ; ceux des gens ordinaires étaient en écorce tressée et ceux de la noblesse en racines de sapin.
50. *Un Haida de Kung*. Les Haidas forment un groupe de communautés villageoises étroitement liées, habitant les îles de la Reine-Charlotte, en Colombie-Britannique et la partie méridionale de l'île du Prince de Galles, en Alaska. Plus que tous les autres Indiens, les Haidas ont été rapides à saisir toutes les opportunités de la civilisation. Tous, même les plus âgés, parlent assez bien l'anglais pour pouvoir faire des affaires avec les hommes blancs.
51. *L'attente du canoë – Nootka*. À la tombée de la nuit, deux femmes portant des paniers à palourdes et des bêches en bois scrutent l'eau du regard en attendant anxieusement le canoë qui doit les ramener chez elles.
52. *Prêtre du Serpent hopi*. Sur cette physionomie, on lit les traits dominants du caractère hopi. Le regard exprime la prudence ou même la méfiance. La bouche indique une ténacité pouvant aller jusqu'à l'obstination. Cependant, quelque part dans ce visage se cache une expression chaleureuse et bienveillante.
53. *En regardant les danseurs*. Un groupe de filles sur le toit le plus élevé de Walpi, regardant vers la *plaza*.
54. *La faiseuse de piki*. Le piki est une galette à base de farine de maïs, fine comme du papier. La pâte est étalée sur la pierre de cuisson avec la main, et la galette rapidement cuite est pliée et déposée dans le panier à la gauche de la femme.
55. *La soirée en territoire hopi*. Les Hopis et leurs demeures haut perchées ont un charme subtil qui a rendu le travail (collecte des données et prises des photographies) particulièrement agréable. Ceci est surtout vrai dans les premières années, lorsque leur mode de vie indiquait un contact relativement restreint avec la civilisation. Il est certain qu'aucun autre endroit aux États-Unis n'offrait une occasion semblable d'observer les indigènes américains vivant dans des conditions très proches de celles qui étaient les leurs lorsque les explorateurs espagnols visitèrent pour la première fois les terres désertes de notre Sud-Ouest.
56. *La potière*. Tous les visiteurs d'East Mesa connaissent Nampeyo, la potière de Hano, dont les créations surclassent celles de tous ses rivaux. Les étrangers entrent chez elle sans y avoir été invités et sont les bienvenus mais Nampeyo continue son travail et se contente de sourire. Sur la photographie, sa pierre à dessiner occupe le premier plan.
57. *Fille hopi*. Les femmes hopis partagent leurs cheveux en deux depuis le front jusqu'à la base de la nuque. Les filles qui ne sont pas mariées les coiffent en deux grandes boucles sur chaque oreille, symbolisant la fleur de courge ; cette coiffure pittoresque disparaît à une telle vitesse, du moins à Walpi, que durant trois mois d'observation au cours de l'hiver 1911-1912, une seule fille a été vue ainsi, sauf lors de cérémonies. La confection des boucles est trop laborieuse pour les filles qui vont à l'école.
58. *Femme et enfant hopis*. Une quantité toujours croissante de familles élisent domicile dans des maisons individuelles dans les vallées. Ils sont ainsi plus près de leurs champs et des pâturages de leurs moutons. Ce changement représente un gain matériel mais il ne faut pas être grand prophète pour prédire l'éventuel et sans doute proche abandon des pueblos. Et lorsque ce temps sera venu, les anciennes cérémonies et coutumes des Hopis ne seront plus qu'un souvenir.
59. *Femme hupa*. Il serait difficile de trouver un type plus proche de l'être anthropomorphique des femmes hupas.
60. *Pêcheur d'éperlans – Trinidad Yurok*. Le filet utilisé pour la pêche à l'éperlan est une poche suspendue à deux perches divergentes. Au fond du filet proprement dit se trouve une petite ouverture donnant accès à une longue poche en mailles, tenue dans la main du pêcheur. Le pêcheur plonge et relève son filet, faisant retomber les éperlans dans la longue poche où ils restent jusqu'à ce qu'il juge en avoir assez pour aller la vider à terre.
61. *La pêche du saumon à la lance*. Un jeune Hupa attend, lance brandie, la silhouette sombre d'un saumon dissimulé dans un trou d'eau calme où il reprend des forces avant de franchir une petite cascade.
62. *Ramassage des joncs – lac Pomo*. Les joncs aux tiges rondes, *Scirpus lacustris*, étaient utilisés principalement pour couvrir les toits et pour faire des nattes en les attachant sur des cordes parallèles qui, ficelées en longs paquets, servaient à la fabrication de canoës pratiques et rapidement construits.
63. *Un Mono*. La culture des Shoshones du sud de la Californie, particulièrement celle des Mono-Paviotsos, était aussi peu développée que celles de toutes les tribus des États-Unis, sinon de l'Amérique du Nord. Dans un domaine cependant, ils manifestaient un goût raffiné et une grande habileté ; la vannerie fabriquée par certaines de leurs femmes reflète un sens artistique très développé.
64. *Une habitation mono*. Les Monos habitent le centre est de la Californie, depuis Owens Lake jusqu'au début des confluents sud de la rivière Walker. Les pics couverts de neige de la sierra Nevada s'élèvent brusquement à la lisière ouest de ce bassin intérieur. Le *wickiup* montré sur la photographie est un abri d'hiver typique et les ustensiles sont des paniers, des tamis ou des plateaux de vannage. Tous ces paniers appartenaient au même *wickiup*.
65. *Femme Cahuilla du désert*. Les Cahuillas n'étaient pas guerriers. Les conflits qui éclataient étaient généralement dus à l'usurpation des réserves de nourriture d'un groupe voisin ou à un sort soi-disant jeté par un sorcier.
66. *Vannerie paviotso*. L'image montre le panier

conique de transport (partiellement caché), le berceau (avec un symbole féminin), le réceptacle en forme de bassine pour la récolte du grain, le plateau de vannage (partiellement caché, à l'arrière droite), deux bonbonnes recouvertes de résine, le panier à poissons, plusieurs petits paniers d'ornement et des ceintures modernes brodées de perles. L'objet long et étroit au premier plan est appelé « panier de baptême » par un collectionneur local. C'est une forme moderne qui sert sans doute de plat.

67. *Femme cupeno.* Les Cupenos sont un petit groupe shoshone de montagnards qui résidaient autrefois à la source de la rivière San Luis Rey, au centre nord du comté de San Diego. Connus généralement sous le nom de Aguas Calientes et comme Indiens du Warner Ranch, ils furent rendus célèbres au début du siècle lorsque la Cour Suprême rendit un verdict en leur défaveur à propos de leur territoire natal. En 1903, ils furent installés sur la réserve Pala, sur les terres jouxtant celles des Luisenos et leur habitat d'origine est maintenant devenu le superbe Ranch Warner.

68. *Au vieux puits d'Acoma.* Les membres de l'armée d'explorateurs de Coronado, en 1540, et d'Espejo, en 1583, notèrent les citernes pour collecter la neige et l'eau sur le rocher d'Acoma.

69. *Un fiscal de Jemez.* La charge de *fiscal*, comme celle de gouverneur et d'*alguacil*, est d'origine espagnole et ses titulaires sont chargés des activités liées à la religion chrétienne, telles que les enterrements et l'entretien des églises. En général, l'Église est une institution superposée à la vie du pueblo ; nulle part elle n'en est devenue une partie intégrante. À Jemez, plusieurs siècles d'efforts de christianisation sont restés sans résultat tangible mais la présence des missionnaires a servi de leçon de choses, plus ou moins bénéfique, pour un mode de vie meilleur.

70. *Femme d'Acoma.* Le village d'Acoma est le plus vieux site de résidence ininterrompue des États-Unis. Perché au sommet d'une mesa à quelque 120 mètres au-dessus de la vallée environnante, il n'est accessible que par des pistes difficiles, en partie taillées dans le rocher de ses précipices.

71. *Masque de bison sia.* La danse du bison se pratique toujours bien que le but originel soit d'exercer une influence surnaturelle sur l'abondance et la présence des bisons n'ait plus d'objet. La danse est épuisante et les actions simulées des bisons sont très réalistes et explicites pour les spectateurs.

72. *Okuwa-Tsire (« Oiseau-des-Nuages ») – San Ildefonso.* Les données sur les coutumes de San Ildefonso n'ont pas la prétention d'être exhaustives. Parmi les pueblos du Nouveau-Mexique, le chercheur apprend ce qu'il peut et il est excessivement reconnaissant lorsqu'un portail extérieur reste entrebâillé pendant quelques minutes.

73. *Agoyo-Tsa – Santa Clara.* Les Indiens des pueblos de la vallée du Rio Grande au Nouveau-Mexique sont, en ce qui concerne leurs croyances et pratiques religieuses, les plus conservateurs de toutes les tribus d'Amérique du Nord. On rencontre une opposition organisée à la divulgation d'informations sur leurs cérémonies.

74. *Offrande au soleil – San Ildefonso.* À la seule exception des tribus des pueblos du Nouveau-Mexique et de l'Arizona, aucun des Indiens vivant actuellement aux États-Unis, et dont les ancêtres sont entrés en contact avec des Européens au XVIe siècle, n'ont conservé leurs coutumes traditionnelles dans leur pureté d'origine. Les pueblos ont relativement peu changé durant les siècles écoulés, en dépit des efforts actifs entrepris par les Espagnols dès le début pour conduire les Indiens vers le christianisme en abolissant leurs cérémonies ancestrales.

75. *Okuwa-Tse (« Nuage-Jaune ») – San Ildefonso.* La ressemblance de la plupart des hommes de San Juan avec les Indiens des plaines est accentuée autrefois par le fait qu'ils ont l'habitude de se faire deux nattes qu'ils enveloppent de bandelettes de fourrure ou d'étoffe.

76. *Ah-En-Leith – Zuni.* Les maisons, bien que construites par les hommes, sont la propriété intégrale des femmes qui peuvent les vendre ou les échanger à l'intérieur de la tribu sans que le mari ou les enfants puissent s'y opposer. Les filles sont les héritières préférées des terres de leurs parents et les fils ne sont qu'héritiers présomptifs.

77. *Shiwawtiwa – Zuni.* Comme dans tous les autres pueblos, la tradition historique fait étrangement défaut et le peu qui existe est sans doute un mélange composé d'une infime part de réalité enveloppée dans un ensemble mythologique typiquement indien.

78. *Gouverneur de San Juan – Pueblo.* Les administrateurs des pueblos dirigés par le gouverneur sont un héritage de la conquête espagnole et leur rôle est de soulager les véritables dirigeants des tâches mineures comme l'adduction d'eau, la réparation des canaux d'irrigation et l'annonce des travaux de la communauté.

79. *Une charge de combustible – Zuni.* Dans la même vallée depuis des siècles, la tribu zuni, qui compte à présent deux mille deux cents âmes, occupe le présent pueblo et ses villages ruraux depuis près de deux siècles et demi. Seul un peuple aussi économe dans l'utilisation du combustible que les Pueblos a pu se constituer des réserves dans une région aussi mal pourvue par la nature.

80. *« Owl Old-Woman » – Sarsi.* Les Sarsis ont les caractéristiques physiques typiques des Athapascans : petite physionomie, stature moyenne, corps secs et agiles. Ils semblent avoir une grande vitalité.

81. *Travois blackfoot.* Le travois est toujours utilisé pour transporter des paquets d'objets de cérémonie. Avant l'acquisition des chevaux et parfois longtemps après, les travois étaient tirés par des chiens.

82. *Chasseur assiniboine.* Les arcs des Assiniboines étaient faits de bouleau, de saule ou d'amélanchier recourbé, renforcé de tendons. Les flèches étaient faites du même bois, elles avaient trois plumes d'aigle, de perdrix ou de canard fixées par de la résine de sapin et des tendons. Les pointes étaient en côte de bison ou en silex.

83. *Jeune fille cree.* Les caractéristiques physiques et l'habillement des Crees ont été décrits par différents observateurs d'autrefois. Alexander Mackenzie note qu'elles sont « de stature moyenne, bien proportionnées et d'une grande activité », et poursuit en peignant un tel tableau de la beauté féminine que l'on ne s'étonne pas si la moitié seulement de ce qu'il dit est vrai, que les employés du commerce des fourrures choisissaient généralement des femmes crees.

84. *Un tipi peint – Assiniboine.* Un tipi décoré des motifs d'une vision apparue en rêve à son propriétaire est un objet vénéré. Il porte chance à ses occupants et il n'est difficile de trouver preneur lorsque le propriétaire, après quelques années comme le veut la coutume, décide de s'en débarrasser.

85. *Mère et enfant assiniboines.* Les Assiniboines appartiennent à la famille des Sioux. Le nom commun de cette tribu est une appellation chippewan, signifiant « cuiseurs de pierre », faisant sans aucun doute allusion à leur coutume de faire bouillir la viande dans des récipients en écorce, à l'aide de pierres chauffées à blanc.

86. *Dog Woman – Cheyenne.* La robe de la femme est ornée de dents d'élan.

87. *Jeune femme cheyenne.* L'histoire du conflit entre les Cheyennes et les Blancs est certes celle d'un désastre également tragique pour les deux camps, mais rien en elle n'est à l'honneur de notre race ; elle retrace, en fait, une des pages les plus sombres de nos agissements envers les Indiens.

88. *Tambour du Peyotl.* Aucune coutume indienne n'a été l'objet de plus de controverse ou n'a conduit à l'adoption d'autant de lois et de règlements en vue de son abolition que le rite peyotl en grande partie parce que ses effets sont restés incompris par les Blancs [...]. Le genre de tambour utilisé est toujours le même – un petit chaudron de fer, en partie rempli d'eau et recouvert d'une peau. Le battement du tambour est continuel durant toute la durée de la cérémonie et ses vibrations rythmiques agissent sans aucun doute sur les émotions des participants.

89. *Uwat – Comanche.* Les Comanches ne fournissent pas un champ fertile pour la recherche ethnologique. Les vieillards, lorsqu'on les questionne sur le manque de cérémonies, de contes populaires et de légendes, tels qu'en avaient par exemple les Wichitas et les tribus environnantes, répondaient : « Nous sommes des chasseurs et des guerriers et n'avons pas de temps à consacrer à de telles choses. » Toutes les informations recueillies sur eux indiquent qu'ils étaient si absorbés par la guerre, si souvent en mouvement, qu'ils avaient peu de temps à consacrer à leurs origines et au but de leur existence ; ils paraissaient même fiers de cet état de fait.

90. *Un petit Comanche.* Les Comanches sont protocolaires et soupçonneux avec les étrangers mais hospitaliers et sociables avec ceux qu'ils considèrent comme leurs amis.

91. *Two Moon – Cheyenne.* Two Moon était un des chefs de guerre à la bataille de Little Big Horn, en 1876, lorsque le régiment de Custer fut anéanti par la force combinée des Sioux et des Cheyennes.

92. *Un habitant de Nunivak – Esquimau.* Le vêtement le plus important des Nunivaks et des Esquimaux en général est la parka. C'est une blouse, faite de peaux d'animaux, d'oiseaux ou de poissons, que l'on enfile par la tête et qui descend environ jusqu'aux genoux. Les parkas pour l'extérieur, les voyages, la chasse et pour l'hiver sont munis d'une capuche qui peut être portée sur la tête ou rabattue à loisir.

93. *Prêt pour la chasse aux phoques – Nunivak.* Le kayak de ce chasseur de phoques nunivak est parfaitement équipé avec ce qu'il faut pour remplir le garde-manger familial. La chasse aux phoques est d'une importance primordiale pour les habitants de l'île de Nunivak. Elle a lieu au printemps et à l'automne, durant les migrations respectives des phoques vers le nord et le sud.

94. *Petit masque – Nunivak.* Il y avait de nombreux petits masques. Ceux vus chez les Nunivaks se portaient sur le front. Les plus habituels revêtaient la forme de têtes d'animaux, d'oiseaux ou de poissons montées sur des arceaux de la taille de la tête. L'un d'eux, un masque d'oiseau, avait la tête d'un rapace avec un poisson dans son bec. La tête de l'oiseau, l'arceau et le poisson étaient peints en bleu. Les yeux, le bec et les narines de l'oiseau et les yeux, la bouche et les nageoires du poisson étaient gravés ou cerclés de rouge.

95. *Départ pour la chasse à la baleine – Cap du Prince de Galles.* Le bateau est mis à l'eau et on le laisse dériver. L'équipage chante et la femme (choisie pour prendre part à la cérémonie), laissée sur la glace, chante. La bateau fait ensuite demi-tour et s'avance vers elle tandis que le harponneur fait mine de la frapper. Elle répand alors des cendres pour éloigner les influences néfastes et court jusque chez elle sans regarder en arrière. Elle y reste et jeûne jusqu'à ce qu'une baleine ait été tuée ou que l'équipage revienne.

Remerciements

De nombreuses personnes nous ont aidé à rassembler l'information nécessaire pour écrire ce livre – nous leur en sommes à toutes reconnaissants. Nos remerciements vont d'abord à Harold Curtis et Katherine (Billy) Curtis Ingram.

Nous voulons mentionner particulièrement Ruth M. Christensen, bibliothécaire du Southwest Museum, qui nous a fourni quarante-cinq ans de correspondance entre Curtis et son éditeur, Frederick Webb Hodge; ce dernier fut directeur du musée durant presque un quart de siècle après sa collaboration avec Curtis, jusqu'à sa retraite à quatre-vingt-onze ans. Cette correspondance, qui débute en 1903 et s'achève en 1947, n'avait jamais été publiée. Son existence était ignorée même des membres de la famille Curtis.

Merci aussi à Renate Hayum, du département d'histoire de la Seattle Public Library; Andrew F. Johnson, University of Washington Libraries; Beverly Russel, bibliothécaire en chef du *Seattle Times*: Newspaper Reference Library, Spokane, Washington, D.C.; Manford E. Magnusen et Angus McMillan.

Nos sources comprennent le journal de bord de Curtis lors de sa dernière expédition dans le Grand Nord, en 1927; le journal de bord de sa fille Beth durant la première partie de ce voyage; des extraits de notes prises par Florence Curtis Graybill au cours de conversations avec son père ainsi que sa propre version de l'été passé sur le terrain avec lui, en 1923; les lettres de Curtis vers la fin de sa vie à Harriet Leitch de la Seattle Public Library; *Curtis' Western Indians: The Life and Works of Edward S. Curtis*, de Ralph Andrew; *Portraits from North American Indian Life*, de Edward S. Curtis, édité par et avec des introductions de A. D. Coleman et T.C. McLuhan; *The North American Indians, A Selection of Photographs by Edward S. Curtis*, texte compilé avec une introduction de Joseph Epes Brown; *A Quarter Century in Photography*, de Edward L. Wilson; *The Vanishing Race*, de Joseph K. Dixon; les volumes originaux de *The North American Indian* et de *Indian Days of the Long Ago*, de Curtis; les documents photographiques de l'expédition E.H. Harriman en Alaska; *Will Soule, Indian Photographer at Fort Sill*, 1869-1874, de Russel E. Belous et Robert A. Weinstein; *One Hundred Years of Photographic History*, de Coke Van Deren; *Bury My Heart at Wounded Knee*, de Dee Brown; la *Columbia Encyclopedia*; l'*Encyclopedia Britannica*; de nombreux journaux et périodiques.

Impression et reliure : Pollina s.a., 85400 Luçon - n° 68765

WISCONSIN
Simply Beautiful

PHOTOGRAPHY BY DARRYL R. BEERS AND RJ & LINDA MILLER

FARCOUNTRY
PRESS

ABOVE: Male cardinal.
RJ & LINDA MILLER

RIGHT: Lake Michigan boardwalk.
DARRYL R. BEERS

TITLE PAGE: Brownstone Falls in Copper Falls State Park.
RJ & LINDA MILLER

FRONT COVER: In Portage County's Lake Emily County Park, fishing lore passes to a new generation.
DARRYL R. BEERS

BACK COVER: Spring sunrise in the southwest.
RJ & LINDA MILLER

ENDPAPERS AND COVER BACKGROUND: Autumn oaks.
DARRYL R. BEERS

ISBN 1-56037-185-4
© 2001 Farcountry Press
Photographs © by individual photographers as credited

This book may not be reproduced in whole or in part by any means (with the exception of short quotes for the purpose of review) without permission of the publisher. For more information on our books call or write: Farcountry Press, P.O. Box 5630, Helena, MT 59604, (406) 443-2842 or (800) 654-1105,
or visit our website: www.montanamagazine.com

Created, designed and published in the USA. Printed in China.

I never really intended to be a photographer. Photography had been a casual hobby as I meandered through diverse jobs and short-lived careers. That all changed eleven years ago when I participated in an intense, week-long nature photography workshop. Fewer than three years later, I began plying my trade as a full-time landscape photographer.

I still meander, but now it is done with a sense of purpose—

camera in tow—seeking to capture on film special moments in special places.

I need not wander beyond the boundaries of my adopted home state to find an abundance of exceptional places to photograph. Wisconsin's landscapes have an extraordinary diversity and beauty: the sweetwater shores of the Great Lakes; the voluminous waters of the Mississippi, St. Croix, Wisconsin and Menominee rivers; the north woods' countless lakes and streams; the southern prairie lands with spectacular waves of blooms and grasses; the southwest's unglaciated rolling hills, bluffs and valleys. Nature has indeed bestowed great blessings on Wisconsin!

This also is a state that takes great pride in its rich history, as evidenced in the vintage architecture found throughout Wisconsin. These buildings are steeped in tradition, and bridge the gap between past and present generations. I strive to portray these icons with all the dignity and respect they deserve. In their presence, I often pause to envision the roles that these historic structures may have played in the lives of generations past.

I am both pleased and honored that my photography is a part of this book—a book designed to take you on a visual journey through Wisconsin. As you turn the pages of this book, may the images be pleasing to your eyes and make your journey a most pleasant one. Perhaps you might be inspired to do a little meandering of your own.

Darryl R. Beers

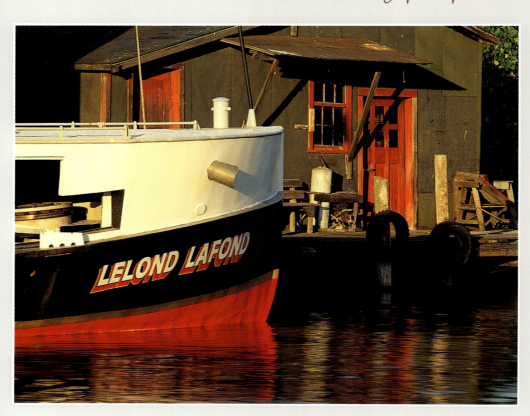

Ready for a day's fishing on Lake Michigan.
DARRYL R. BEERS

It is our privilege to help take you on this spectacular visual tour, both on and off the beaten track. We hope you can vicariously experience the thrill of discovery as we did, moving from the Apostle Islands, to hemlock forests, to quiet waterfalls.

During our quest to capture the essence and spirit of a place,

Summer morning mist rises from the La Crosse River.
RJ & LINDA MILLER

we have learned how changes in cloud formation can influence a sunrise, or how barometric pressure changes foretell a storm or predict a morning fog. We watch in amazement as rain turns whispering waterfalls into thundering torrents, or as high winds transform a mirror-smooth lake into a frenzied chaos.

Our goal is to encourage the truly adventurous to grab their cameras and explore the terrain: sandstone bluffs, mystical forests, crystal-clear rivers, ice-carved moraines, lush pastures, irresistible lakes, and hidden beaches. So, if you have wanderlust in your heart, our desire is to encourage you to take the first step of a remarkable adventure—to discover that Wisconsin truly is "simply beautiful."

RJ & LINDA MILLER

ABOVE: A rodent's worth nightmare: the great horned owl.
RJ & LINDA MILLER

TOP: Taking a ride back to yesteryear in the Dalles of the St. Croix River.
RJ & LINDA MILLER

LEFT: Past the "building blocks" of East Bluff in Devil's Lake State Park are the Baraboo Hills and the Wisconsin River.
DARRYL R. BEERS

ABOVE: Down by the old mill run at Nelsonville.
DARRYL R. BEERS

RIGHT: Gibralter Rock above Columbia County farmland.
DARRYL R. BEERS

ABOVE: Paddlewheel of the riverboat *American Queen*, resting at La Crosse.
RJ & LINDA MILLER

TOP: Brown County farm.
DARRYL R. BEERS

LEFT: Even in winter, there's no rest for Manitowoc Lighthouse on Lake Michigan.
DARRYL R. BEERS

ABOVE: Still a baby exploring the Badger State, this badger one day may burrow thirty feet underground to build his home.
LISA & MIKE HUSAR/TEAM HUSAR

FACING PAGE: Parfrey's Glen Natural Area in Sauk County provides cool respite on a muggy summer day.
DARRYL R. BEERS

LEFT: Ozaukee County Pioneer Village, Saukville, is a living history museum holding buildings that date from 1840 to 1907.
RJ & LINDA MILLER

ABOVE: Barge traffic on the Mississippi River is an important part of Wisconsin's shipping industry.
RJ & LINDA MILLER

LEFT: From Michigan to Marinette County, Wisconsin across Piers Gorge of the Menominee River.
DARRYL R. BEERS

ABOVE: Mill Bluff State Park southeast of Tomah.
RJ & LINDA MILLER

RIGHT: Ore docks at Wisconsin Point, Superior.
RJ & LINDA MILLER

ABOVE: Paul Bunyan Camp and Interpretive Center at Eau Claire lets visitors peek into a logging camp that might have existed in the 1890s.
RJ & LINDA MILLER

LEFT: Holstein cows on duty in Forest County.
DARRYL R. BEERS

ABOVE: Young skunk exploring the scents of his world.
LISA & MIKE HUSAR/TEAM HUSAR

RIGHT: Winter's touch lies lightly in Black River State Forest, Jackson County.
RJ & LINDA MILLER

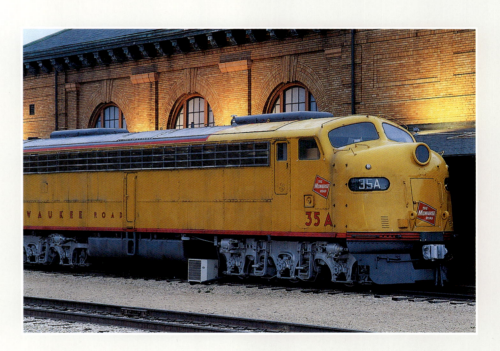

ABOVE: Milwaukee Road gold at Madison.
DARRYL R. BEERS

LEFT: Like Washington, D.C., Madison was created to be a capital city, and the state capitol's dome centers its skyline.
DARRYL R. BEERS

ABOVE: Muskrats enjoy marshes and ponds in the north country.
RJ & LINDA MILLER

TOP: This year's corn crop agrowing.
DARRYL R. BEERS

RIGHT: Justice Bay and Sand Island in northern Wisconsin's Apostle Islands National Lakeshore.
DARRYL R. BEERS

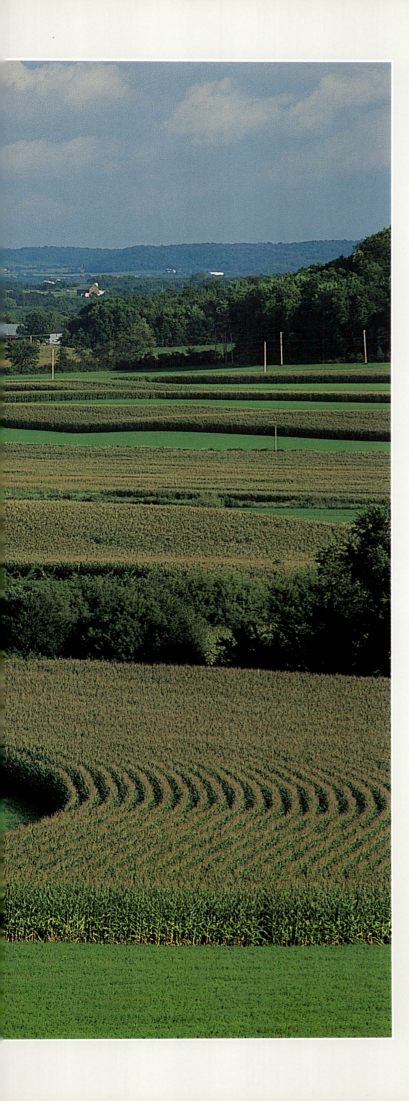

LEFT: Farms nestle in and on Sauk County's Baraboo Hills.
DARRYL R. BEERS

BELOW: From 1884 to 1918 winter quarters for the Ringling Brothers Circus, these grounds at Baraboo today host Circus World Museum.
DARRYL R. BEERS

BOTTOM: Sumac adds to Wisconsin's brilliant autumn coloring.
RJ & LINDA MILLER

ABOVE: Strawberry leaves sporting this morning's dew.
RJ & LINDA MILLER

RIGHT: Springtime in a Door County cherry orchard.
DARRYL R. BEERS

ABOVE: Tour boats are one way to view the Wisconsin River's scenic dells.
LARRY MAYER

RIGHT: Both of this troll can be seen at Norskedalen in the Coon Valley, whose landforms attracted Norwegian and Bohemian immigrants.
RJ & LINDA MILLER

FACING PAGE: Orienta Falls on the Iron River creates a fly-fishing challenge.
DARRYL R. BEERS

ABOVE: Cathedral of the Pines in Nicolet National Forest, Oconto County.
DARRYL R. BEERS

RIGHT: At Oshkosh, elegant Buckstaff's Lighthouse overlooks Lake Winnebago.
DARRYL R. BEERS

ABOVE: Shooting stars flourish on Chiwaukee Prairie in Kenosha County.
DARRYL R. BEERS

LEFT: Sunset on a faithful jon boat.
RJ & LINDA MILLER

ABOVE: Wildflowers sparkle in Wisconsin's uncultivated spaces.
RJ & LINDA MILLER

RIGHT: Early autumn at Loon Lake, Ashland County.
DARRYL R. BEERS

ABOVE: An eastern gray squirrel experiences crabapple blossoms for the first time.
LISA & MIKE HUSAR/TEAM HUSAR

LEFT: Cultivating a southwestern Wisconsin field the Amish way.
RJ & LINDA MILLER

ABOVE: The *Mississippi Queen* on her namesake river off Wisconsin.
RJ & LINDA MILLER

LEFT: Keshena, on the Menominee Indian Reservation, hosts a powwow.
RJ & LINDA MILLER

FACING PAGE: Dell's Mill, near Augusta, is a museum with all parts in working order.
RJ & LINDA MILLER

ABOVE: White-tailed deer buck.
RJ & LINDA MILLER

LEFT: Water lilies grow in lakes and ponds around the world, including here in Wisconsin.
DARRYL R. BEERS

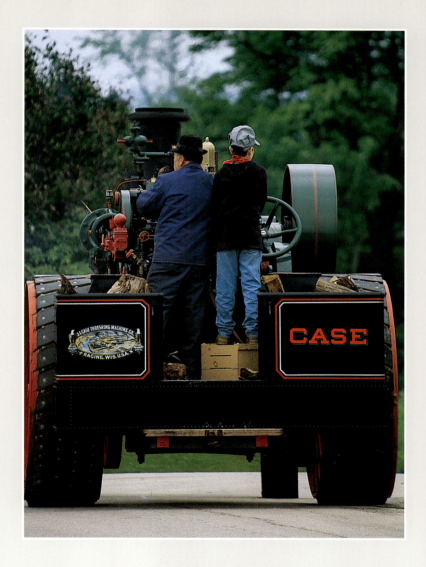

ABOVE: Broiler Days at Arcadia includes the sights and sounds of the steam-powered era.
RJ & LINDA MILLER

LEFT: A humid summer day begins near Elroy.
RJ & LINDA MILLER

ABOVE: The Madeline Island Ferry, with service to that largest of the Apostle Islands, stops at Bayfield on Lake Superior's Chequamegon Bay.
RJ & LINDA MILLER

RIGHT: The Eau Claire River stepping down through Big Falls County Park.
DARRYL R. BEERS

ABOVE: Pine tree stillness in west-central Wisconsin.
RJ & LINDA MILLER

TOP: Brown Swiss dairy cows wait out a southwestern Wisconsin summer fog.
RJ & LINDA MILLER

LEFT: The Wisconsin River's Merrimac Ferry gets to work early in the morning.
DARRYL R. BEERS

ABOVE: When this red fox gets hungry, he will hunt by listening for rodents moving around under the snow.
RJ & LINDA MILLER

RIGHT: In the middle of the 19th century, a small group of Swiss immigrants founded New Glarus, named for their home canton; today, reconstructed buildings show life in Switzerland and on the American frontier.
RJ & LINDA MILLER

FACING PAGE: Hear the rush of the Bad River in Copper Falls State Park.
DARRYL R. BEERS

ABOVE: A Great Lakes freighter unloads at the Port of Green Bay on Lake Michigan.
DARRYL R. BEERS

LEFT: Canada geese at Bay Beach Wildlife Sanctuary near Green Bay.
DARRYL R. BEERS

ABOVE: Soon there will be a new brood of common loons...
RJ & LINDA MILLER

RIGHT: ...and, later, a new corn crop.
DARRYL R. BEERS

ABOVE: A daisy of a snack for a black bear cub.
RJ & LINDA MILLER

TOP: Eagle's eye view of a beaver's lodge near Trego in Washburn County.
LARRY MAYER

RIGHT: Stand Rock in the Apostle Islands.
RJ & LINDA MILLER

ABOVE: South of Spring Green.
RJ & LINDA MILLER

RIGHT: Upper Falls of the Potato River, Iron County.
DARRYL R. BEERS

LEFT: Wisconsin River sunset in Iowa County.
DARRYL R. BEERS

BELOW: On Lake Winnebago, lime kiln ruins are to be explored in High Cliff State Park.
DARRYL R. BEERS

BOTTOM: Autumn has begun: sugar maples changing from green to red in Hartman Creek State Park, Waupaca County.
DARRYL R. BEERS

ABOVE: Pastoral beauties in Calumet County.
DARRYL R. BEERS

RIGHT: There's plenty of room for boats on Lake Winnebago, Wisconsin's largest inland lake, which is twenty-eight miles long and ten miles wide.
DARRYL R. BEERS

ABOVE: Winter thaw.
RJ & LINDA MILLER

LEFT: Pier Light on Lake Michigan at Algoma.
DARRYL R. BEERS

ABOVE: Mama and the kids out for a Sunday paddle.
RJ & LINDA MILLER

RIGHT: Sugaring-off time in Amish country.
RJ & LINDA MILLER

FACING PAGE: Round barns, like this one near Hurley, were introduced to America by the Shakers.
DARRYL R. BEERS

ABOVE: A fish tug at Bailey's Harbor, which dates from 1851 and is Door County's oldest settlement.
DARRYL R. BEERS

LEFT: Mill Bluff State Park, fogged in for a summer sunrise.
RJ & LINDA MILLER

ABOVE: Lake Side Park's rental canoes, in Fond du Lac, have been well used.
RJ & LINDA MILLER

RIGHT: Gambrel roofs were used on barns like this one, to increase hay-storage space.
RJ & LINDA MILLER

FACING PAGE: Waiting for Milwaukee's office buildings to empty, and the Lake Michigan sailing to begin.
DARRYL R. BEERS

ABOVE: Inside Sand Island Light House, Ashland County.
RJ & LINDA MILLER

TOP: Male mallard duck.
RJ & LINDA MILLER

LEFT: Sherwood Point Lighthouse, the last manned United States lighthouse on the Great Lakes, left service in 1983.
DARRYL R. BEERS

BELOW: Every summer, visitors to Historic Rogers Street Fishing Village & Museum, Two Rivers, tour a wooden fishing tug, climb up the lighthouse, and view artifacts from famous Lake Michigan shipwrecks.
RJ & LINDA MILLER

BOTTOM: Come into town for the day and shop for all your needs—at Chippewa Valley Museum, Chippewa Falls.
RJ & LINDA MILLER

RIGHT: Looking for a nibble on the Brule River at Lake Superior.
DARRYL R. BEERS

ABOVE: Corn in the shock on an Amish farm.
RJ & LINDA MILLER

LEFT: Wildcat Mountain State Park, Vernon County.
DARRYL R. BEERS

FACING PAGE: Sauk County skyline.
RJ & LINDA MILLER

ABOVE: White-tailed fawn.
RJ & LINDA MILLER

RIGHT: Peaceful, pastoral Lake Emily covers more than a hundred acres.
DARRYL R. BEERS

ABOVE: Somewhere in that fog is Oconto County's Chain Lake.
DARRYL R. BEERS

LEFT: One Kewaunee County farmer has his haying done.
DARRYL R. BEERS

ABOVE: Twilight at Bayfield's marina.
DARRYL R. BEERS

TOP: No one has yet beat a path to this door.
RJ & LINDA MILLER

RIGHT: Driftwood pitched onto Michigan Island by Lake Superior.
DARRYL R. BEERS

ABOVE: Richardson Lake ripples in Nicolet National Forest.
DARRYL R. BEERS

LEFT: Sunset symmetry on Lake Winnebago.
DARRYL R. BEERS

ABOVE: Ada Lake Road makes an inviting pathway in Langlade County.
DARRYL R. BEERS

RIGHT: Little Manitou Falls on the Black River, Pattison State Park.
DARRYL R. BEERS

ABOVE: Sparta's Butterfest Queen assists in the cow-milking contest.
RJ & LINDA MILLER

LEFT: Lunar competition for Kewaunee's pierhead light.
DARRYL R. BEERS

ABOVE: Gray wolves still live in the north woods.
RJ & LINDA MILLER

RIGHT: This channel through Interstate State Park, Polk County, leads to Lake o' the Dalles.
DARRYL R. BEERS

ABOVE: Inside the giant muskellunge at Hayward is the National Fresh Water Fishing Hall of Fame.
RJ & LINDA MILLER

BELOW: Winter aerial view of Lake Nokomis, south of Rhinelander.
LARRY MAYER

FACING PAGE: Cana Island Lighthouse overlooks Lake Michigan.
DARRYL R. BEERS

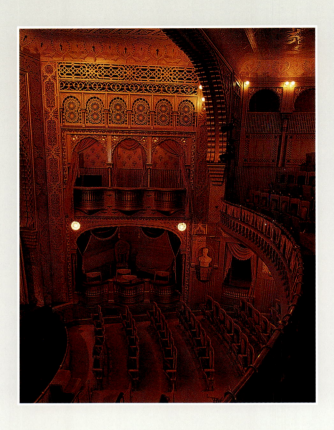

ABOVE: The great blue heron, the largest North American heron, has a wingspan of about seven feet.
LISA & MIKE HUSAR/TEAM HUSAR

TOP: In Menomonie, The Mabel Tainter Memorial Building, dating from 1890, includes this Moorish-style theater.
RJ & LINDA MILLER

RIGHT: Port Washington is one place to go for the catch of the day from Lake Michigan.
DARRYL R. BEERS

LEFT: Once the pride of a successful Rock County farmer.
DARRYL R. BEERS

BELOW: Cranberry harvest near Tomah.
RJ & LINDA MILLER

BOTTOM: The loud, throaty, broken call of a sandhill crane can carry for more than a mile.
RJ & LINDA MILLER

ABOVE: After retiring as a lumberjack, Fred Smith built concrete sculptures—more than 250—and decorated them with glass and other items, surrounding his home near Phillips. Today, Fred Smith's Wisconsin Concrete Park is open to fans of folk art.
DARRYL R. BEERS

LEFT: Wild Rose Mill on Waushara County's Pine River.
RJ & LINDA MILLER

FACING PAGE: The swirling waters of the Dells of the Eau Claire River, Marathon County.
DARRYL R. BEERS

ABOVE: Snowmobilers enjoy a brisk day's ride through the forest.
RJ & LINDA MILLER

LEFT: Heading for the Oconto River in Chute Pond County Park, Oconto County.
DARRYL R. BEERS

ABOVE: Each July, La Crosse holds Riverfest to honor its Mississippi River heritage.
RJ & LINDA MILLER

RIGHT: Generations of faithful servants are exhibited at LeFeber's in Calumetville.
DARRYL R. BEERS

FACING PAGE: Another sublime day on Laona's Little Birch Lake.
DARRYL R. BEERS

ABOVE: Did Mother Porcupine let this baby go out to play without his morning grooming?
LISA & MIKE HUSAR/TEAM HUSAR

TOP: Tools of the commercial fisherman's trade.
RJ & LINDA MILLER

RIGHT: Many-tiered Morgan Falls beautifies Chequamegon National Forest, Ashland County.
DARRYL R. BEERS

ABOVE: Inside a cabin at New Glarus Swiss Village, visitors view an elegantly simple homemade cradle and other necessities and luxuries of homestead life.
RJ & LINDA MILLER

LEFT: Night falls at Gile Flowage near Ironwood.
DARRYL R. BEERS

ABOVE: Historic, trim, and tidy Brush Creek Lutheran Church in Monroe County.
DARRYL R. BEERS

RIGHT: Cattails in Horicon Marsh wait out winter.
LISA & MIKE HUSAR/TEAM HUSAR

FACING PAGE: An oak tree stands out at sunset in Jefferson County.
DARRYL R. BEERS

ABOVE: Purple coneflower blooms in the summer.
RJ & LINDA MILLER

LEFT: Symmetry of lights at Lakeside Park Lighthouse, Fond du Lac.
DARRYL R. BEERS

ABOVE: Redstone Falls in Sauk County's Lake Redstone County Park.
RJ & LINDA MILLER

RIGHT: Villages of ice-fishing shacks spring up all over Wisconsin each winter, as here on Big Eau Pleine Reservoir.
LARRY MAYER

FACING PAGE: Bayfield's harbor on Lake Superior once shipped tons and tons of locally quarried brownstone to build city mansions; today, fishing and tourism are the town's specialties.
DARRYL R. BEERS

ABOVE: Golden sun highlights Boltonville's St. John of God Catholic church.
DARRYL R. BEERS

LEFT: The harvest-season view from Rib Mountain in Marathon County.
DARRYL R. BEERS

ABOVE: Nelson Lake near Hayward, in lumberjack country.
LARRY MAYER

RIGHT: Kettle Moraine State Forest, on Ottawa Lake, features geology shaped by glaciers, and programs at Fading Embers Amphitheater, seen here.
DARRYL R. BEERS

ABOVE: Winter reflections in Lincoln County.
DARRYL R. BEERS

LEFT: Emily Lake in Vilas County is a place to fish for muskies.
DARRYL R. BEERS

FOLLOWING PAGE: A Brown County octagon barn, efficient for feeding with its silo in the center and cattle stalls all around the sides.
DARRYL R. BEERS